Kai Meyer

Sieben Siegel

Schattenengel

omnibus

DER AUTOR

Kai Meyer, geboren 1969, studierte Film und Theater und schrieb seinen ersten Roman im Alter von 24 Jahren. Seither hat er über 40 Bücher veröffentlicht, darunter Bestseller wie »Die Alchimistin« in der Erwachsenenbelletristik und »Die fließende Königin“ sowie »Die Wellenreiter« im Kinder- und Jugendbuch. Seine Bücher wurden in mehr als 20 Ländern veröffentlicht, u.a. in den USA, in England, Japan, Italien, Frankreich und Russland. Für »Frostfeuer« erhielt Kai Meyer 2005 den CORINE-Literaturpreis in der Kategorie Kinder- und Jugendbuch.

Von Kai Meyer ist bei OMNIBUS erschienen:

»Sieben Siegel – Die Rückkehr des Hexenmeisters« (21602)
»Sieben Siegel – Der schwarze Storch« (21603)
»Sieben Siegel – Die Katakomben des Damiano« (21604)
»Sieben Siegel – Der Dornenmann« (21605)

Kai Meyer

Sieben Siegel

Schattenengel

Mit Illustrationen von
Wahed Khakdan

omnibus

omnibus

OMNIBUS
ist der Taschenbuchverlag für Kinder
in der Verlagsgruppe Random House

FSC
Mix
Produktgruppe aus vorbildlich bewirtschafteten Wäldern und anderen kontrollierten Herkünften

Zert.-Nr. SGS-COC-1940
www.fsc.org
© 1996 Forest Stewardship Council

Verlagsgruppe Random House FSC-DEU-0100
Das für dieses Buch verwendete FSC-zertifizierte Papier *Munken Print* liefert
Arctic Paper Munkedals AB, Schweden.

1. Auflage
Erstmals als OMNIBUS Taschenbuch
Dezember 2007
Gesetzt nach den Regeln der Rechtschreibreform

Umschlagbild: Almud Kunert
Innenillustrationen: Wahed Khakdan
Umschlaggestaltung: Basic-Book-Design, Karl Müller-Bussdorf
MI · Herstellung: CZ
Satz: Buch-Werkstatt GmbH, Bad Aibling
Druck und Bindung: GGP Media GmbH, Pößneck
ISBN: 978-3-570-21606-4
Printed in Germany

www.omnibus-verlag.de

Inhalt

WETTERSTATION

DORF
FLUGPLATZ
N
NO
NW
W
O
SW
SO
S

Israel

»Staub!« Kyra schnaubte verächtlich. »Ich hasse Staub!«

»Seit wann bist du so empfindlich?« Ihr Vater leuchtete ihr mit der Taschenlampe ins Gesicht. »Ich hab dich zu Hause noch nie mit einem Staubtuch gesehen.«

»Eben«, entgegnete Kyra trotzig. »Außerdem – könnte das wohl daran liegen, dass du mich überhaupt noch *nie* zu Hause gesehen hast? Ich meine, wann warst du das letzte Mal in meinem Zimmer? Vor acht Jahren? Vor neun?«

Lisa knuffte Kyra mit dem Ellbogen in die Seite. Es reichte. Es war schlimm genug, dass sie gebückt durch die unterirdischen Stollen dieses Tempels klettern mussten. Ein Streit zwischen Kyra und ihrem Vater, Professor Rabenson, machte die Situation nicht gerade angenehmer.

Auch wenn, zugegeben, bei ihnen allen die Nerven blank lagen.

Die beiden Jungen redeten schon seit einer halben Stunde nicht mehr miteinander. Chris war Nils versehentlich in die Fersen getreten, und Nils war daraufhin gestolpert und mit dem Kopf gegen irgendein vorchristliches Relief gekracht. Jetzt hatte er eine Beule auf der Stirn, so groß wie eine reife Pflaume. Und ungefähr von der gleichen Farbe.

Dabei hatte ihr Ausflug ins Innere des Tell ed-Duwer recht vielversprechend begonnen. Der Berg im Süden Israels beherbergte die Ruinen der uralten Grenzfestung Lachis. Im Jahr 587 vor Christus war sie von den Horden des babylonischen Herrschers Nebukadnezar zerstört worden, als dieser das Land unter seine Macht zwang. Seither lagen ihre Trümmer unter dem Tell ed-Duwer begraben – so wie dieser Tempel.

»Was war das für ein Gott, den die Menschen hier verehrt haben?«, fragte Lisa, um die anderen von ihren übellaunigen Gedanken abzulenken.

»Man weiß es nicht genau«, erwiderte Professor Rabenson. »Es gab damals eine ganze Menge geflügelter Gottheiten. Aber so wie es aussieht, war dieser Tempel keinem der bekannten Götter geweiht. Die Details sind … verwirrend.«

Chris und Nils atmeten gleichzeitig auf, als sich herausstellte, dass der Professor darauf verzichtete, wissenschaftliche Einzelheiten aufzuzählen. Beide bemerkten die Erleichterung des anderen und warfen sich ein schiefes Lächeln zu. Lisa sah es und war zufrieden. Möglich, dass die beiden darüber endlich ihren dummen Streit begruben.

Es war schon merkwürdig. Normalerweise waren die Reisen der vier Freunde an der Seite des Professors stets tolle Abenteuerurlaube. Dunkle Höhlengänge, unterirdische Katakomben und verfallene Ruinen konnten längst keinen von ihnen mehr schrecken, spätestens seit sie Träger der Sieben Siegel waren. Seither hatten sie Schlimmeres gesehen als nur ein paar unheimliche Trümmer.

Und doch hatte es mit den Ruinen des alten Lachis etwas ganz Besonderes auf sich. Es waren nicht nur die Enge der tiefen Schächte, die trockene, heiße Luft und die wogenden Staubwolken, die ihnen den Spaß an dieser Expedition nahmen. Nein, es schien fast, als läge eine ganz besondere Stimmung über diesem Ort, eine bedrückende Atmosphäre, die ihrer aller Laune auf den Tiefpunkt brachte. Sogar Professor Rabenson schien darunter zu leiden – und es gehörte schon einiges dazu, einem Wissenschaftler von seinem Format eine solche Entdeckungsreise madig zu machen. Selbst er war während der letzten zwei Stunden – seit ihrem Aufbruch von der Oberfläche – mürrisch, schließlich sogar streitlustig geworden.

Jeder von ihnen war mit einer Taschenlampe ausgerüstet und trug einen Helm aus rotem Plastik. Zwar hatte der Professor ihnen versichert, dass keinerlei Einsturzgefahr bestünde, doch beharrte er darauf, auf Nummer sicher zu gehen. Dass Nils es geschafft hatte, sich den Kopf genau unterhalb der Helmkante zu stoßen, war Pech – und dass es gerade ihn getroffen hatte, war für ihn doppelt ärgerlich. Aus unerfindlichen Gründen war es meistens Nils, den es erwischte. Lisa konnte seine Wut ganz gut nachvollziehen; es war schließlich nicht besonders mitfühlend von Chris gewesen, dass er statt einer Entschuldigung gesagt hatte: »Das muss wohl an deinem Gesicht liegen.«

In Wahrheit war jedoch allein Lachis der Grund für ihre miese Stimmung, davon war Lisa mittlerweile überzeugt. Ihr schien es, als läge ein Fluch über der unterirdischen Ruinenstadt. Kein Hexenspuk, keine tödlichen Fallen wie in den ägyptischen Pyramiden – der Fluch von Lachis war offenbar der *Fluch der Schlechten Laune.* Und der war schlimm genug, wenn man es stundenlang auf engstem Raum miteinander aushalten musste.

Keine tödlichen Fallen … Lisa hatte den Gedanken kaum zu Ende gedacht, als plötzlich ein lautes Knirschen ertönte. Professor Rabenson riss die Hand hoch und blieb wie angewurzelt stehen.

»Wartet!«

Die Freunde verharrten. Das Knirschen war noch immer zu hören, wurde aber leiser, so als entfernte es sich allmählich. Keiner wusste, ob das wirklich ein Grund zum Aufatmen war.

»Sind noch andere Forschertrupps hier unten?«, fragte Nils im Flüsterton.

»Keine, von denen ich wüsste«, gab der Professor ebenso leise zurück.

Kyra runzelte die Stirn. »Heißt das nun ›Nein‹ oder ›Ich weiß nicht‹?«

Ihr Vater zuckte die Schultern. »Offiziell zumindest dürfte niemand hier sein.«

»Grabräuber?«, warf Chris ein.

»Keine Chance. Das Gelände wird vom israelischen Militär bewacht, das habt ihr doch gesehen.«

Tatsächlich erinnerten sich alle nur zu gut an die Soldaten, die überall rund um den Berg patrouillierten. Jeder der Männer trug eine feuerbereite Maschinenpistole. Lisa hatte bei ihrem Anblick ein heftiges Kribbeln im Bauch verspürt, und sie wusste, dass es den drei anderen genauso ergangen war. Die unmittelbare Nähe solcher Waffen war weitaus beängstigender, als es der spannendste Film im Fernsehen vermitteln konnte. Plötzlich war – egal wie irreal – die Furcht da gewesen, selbst in einen mörderischen Kugelhagel zu geraten.

Doch der Professor verfügte über alle nötigen Papiere. Er war autorisiert, jeden Quadratzentimeter der Ruinen auf den Kopf zu stellen. Sogar um die lästigen Leibesvisitationen, die andere Forscher über sich ergehen lassen mussten, waren sie herumgekommen. Der Ruf des Professors war aufgrund seiner zahllosen Buchveröffentlichungen tadellos, auch wenn die meisten Themen seiner Werke – mysteriöse Phänomene, Geistererscheinungen und immer wieder die leidigen außerirdischen Besucher – bei vielen seiner Kollegen Naserümpfen verursachten.

Das Knirschen verstummte. Beinahe zu abrupt, als dass es eine natürliche Ursache gehabt haben könnte.

»Es hat aufgehört«, flüsterte Chris.

»Ach?«, knurrte Kyra kratzbürstig.

Lisa funkelte sie böse an. »Hey, reiß dich zusammen. Wir können nichts dafür, dass du mies drauf bist.«

Kyra schnaubte nur, aber Lisa sah ihr an, dass es ihr leidtat. Kyra hatte manchmal eine etwas ruppige Art, ihre drei Freunde wussten das. Und auch ihr Vater, der sie nur in den Ferien zu sehen bekam, war mittlerweile dahintergekommen, dass mit seinem Töchterchen nicht immer gut Kirschen essen war.

Professor Rabenson blickte argwöhnisch zur Decke. »Ich möchte zu gern wissen, was –«

Er kam nicht dazu, den Satz zu beenden, denn plötzlich ertönte das Knirschen erneut – und diesmal war es ganz nah. Unter ihnen.

»Lauft!«, schrie der Professor, und alle stürmten schlagartig vorwärts.

Hinter Nils brach auf einmal der Fußboden weg. Wo sie eben noch gestanden hatten, schoss eine Staubwolke empor, wallte gegen die Decke und breitete sich über ihren Köpfen aus wie der Schirm eines Riesenpilzes. Hustend und keuchend blieben sie stehen, aus Angst, blindlings in die nächste Falle zu laufen.

Nachdem sich die Schmutzschwaden herabgesenkt hatten und sie wieder einigermaßen sehen konnten, erkannten sie, dass hinter ihnen ein Abgrund aufgeklafft war. Es war ein Spalt, der von einer Seite des Korridors zur anderen reichte, nicht einmal besonders breit – zwei, höchstens zweieinhalb Meter –, aber so tief, dass der Schein ihrer Taschenlampen den Boden nicht erreichte.

»Na, großartig«, bemerkte Chris mit tonloser Stimme. Er war der Erste, der überhaupt ein Wort herausbekam. Die Blässe seines Gesichts rührte nicht nur von der hellen Staubschicht, die sich über ihrer aller Haut und Kleidung gelegt hatte.

Kyra starrte ihren Vater an, eher überrascht als wütend. »Du hast doch gesagt, es ist völlig ungefährlich.«

»Stimmt«, pflichtete Nils ihr krächzend bei, »das haben Sie gesagt.«

Der Professor wirkte verstört. Obwohl er ein beleibter, gemütlich aussehender Mann war, schien es mit einem Mal, als hätte er innerhalb weniger Sekunden zehn Kilo abgenommen. Seine Wangen waren ganz eingefallen vor Schreck.

»Ein kleines … Missgeschick«, stammelte er verwirrt.

»*Missgeschick?*« Lisa verdrehte die Augen. »Klar, so kann man's auch nennen.«

Kyras Vater schaute von einem zum anderen, aber ihnen allen war, als blicke er eigentlich durch sie hindurch. »Tut mir leid«, meinte er betroffen. »Das … das hätte nicht passieren dürfen.«

Kyra seufzte. »Ist ja noch mal gut gegangen.« Offenbar hatte der Vorfall sie aus ihrer üblen Laune gerissen. Die Erleichterung, dass sie alle unversehrt waren, stimmte sie versöhnlich.

»Wie konnte das … ich meine, wie konnte es dazu kommen?«, brachte Nils mühsam hervor. »Ich dachte, hier unten laufen ständig irgendwelche Wissenschaftler herum.«

»Ja und nein«, erwiderte der Professor. »Wir sind tiefer als die meisten anderen. Dies ist offiziell ein Sperrbezirk. Aber ich hab eine Genehmigung bekommen. Der zuständige Offizier und ich haben eine Art … na ja, ein Abkommen getroffen.«

»Du hast ihn bestochen«, sagte Kyra vorwurfsvoll.

Der Professor zuckte die Achseln. »Das gehört in meinem Job nun mal dazu.« Er wischte sich Schweiß und Staub von der Stirn und fuhr fort: »Trotzdem sind wir nicht die Ersten, die hier runterkommen. Während der letzten Jahrzehnte gab es über zwei Dutzend Expeditionen, die in die unteren Ebenen von Lachis vorgedrungen sind.«

»Alle mit ähnlichen Sondergenehmigungen, nehme ich an«, sagte Lisa.

Kyras Vater nickte. Er zog sich den Schlapphut vom Kopf und rieb mit dem Ärmel über seine Glatze. Sein Kopf war vollkommen kahl und glänzte im Licht der Taschenlampen wie die Kristallkugel einer Wahrsagerin.

Chris betastete vorsichtig die Wände rechts und links des Korridors. »Warum sind dann gerade wir diejenigen, die die Falle aktivieren?«

»Und wie viele gibt es noch davon?«, kam es Nils.

»Ich weiß es nicht«, gestand der Professor. »Allerdings habe ich eine … hm, eine Ahnung.«

Kyra hob eine Augenbraue. »So?«

Ihr Vater legte die Taschenlampe beiseite, nahm seinen Rucksack vom Rücken und ließ ihn mit einem schweren Plumps auf den Boden fallen.

»Was ist denn da drin?«, fragte Kyra. »Pflastersteine?«

»So ähnlich.« Der Professor öffnete die Schnallen, griff mit beiden Händen hinein und zog etwas hervor. Auf den ersten Blick sah es aus wie der Deckel eines Kochtopfes – mit dem Unterschied, dass das Ding aus Stein war. Aus dunklem, verwittertem Granit.

»Was soll das sein?«, fragte Nils. »So 'ne Art Hut?«

Der mysteriöse Gegenstand war rund, eine Scheibe, auf deren einer Seite ein bogenförmiger Griff angebracht war. In die andere Seite war ein zerfurchtes Relief eingelassen, irgendein verschlungenes Zeichen.

»Dies hier«, sagte der Professor ehrfürchtig, »ist der legendäre Schlüssel von Lachis.«

Nils verzog das Gesicht. »Dann haben die damals wohl für ihren Schlüsselbund einen Packesel gebraucht.«

»Das ist *nicht* witzig«, fuhr ihn der Professor an.

Nils verzog das Gesicht. »'tschuldigung.«

»Der Schlüssel von Lachis ist eines der sagenumwobensten Relikte aus der Zeit vor Christi Geburt.« Professor Rabenson drehte die Unterseite nach oben, sodass die vier Freunde das Hieroglyphen-Relief ausgiebig bestaunen konnten.

»Sieht aus wie die arabischen Beschriftungen auf dem Flughafenklo«, bemerkte Chris mit verstohlenem Grinsen.

Der Professor schoss einen strafenden Blick in seine Richtung ab, ging aber nicht darauf ein. Stattdessen sagte er: »Es hat mich Jahre gekostet, den Schlüssel ausfindig zu machen. Schließlich fand ich ihn bei einem Bauern im Sudan – er beschwerte damit die Palmwedel, die er zum Trocknen vor seiner Hütte ausgelegt hatte.«

»Das hat Herzblut gekostet, was?«, meinte Kyra verschmitzt.

»Allerdings«, entgegnete ihr Vater mit knappem Lächeln. »Und eine hübsche Stange Geld.«

»Eines deiner … Abkommen.«

»Dieser Bauer im Sudan mochte in einer Holzhütte leben«, seufzte der Professor, »aber er wusste verflixt genau, wie man anderen die Scheine aus der Tasche zieht.«

Kyra grinste schief. »Zum Glück hat's keinen Armen getroffen.« Niemand konnte genau sagen, wie viel der Professor mit seinen Büchern tatsächlich verdiente, wahrscheinlich nicht einmal er selbst. Fest stand, dass sie in Dutzende von Sprachen übersetzt wurden. In den meisten Ländern stürmten sie die Bestsellerlisten. Allein deshalb konnte der Professor es sich leisten, nicht nur Kyra während der Ferien mit auf Reisen zu nehmen, sondern auch ihre drei Freunde – und für alle die Rechnungen zu begleichen.

Kyra glaubte, dass er das als Wiedergutmachung tat, weil er sich während der übrigen Zeit nicht um sie kümmern konnte. Sie lebte bei ihrer Tante Kassandra in Giebelstein, und obwohl sie überhaupt nicht mehr von dort fortwollte, trug sie es ihrem Vater doch nach, dass er sich so selten blicken ließ. Ihre Mutter war gestorben, als sie noch ein kleines Kind gewesen war. Kyra konnte sich nicht einmal mehr an ihr Gesicht erinnern.

»Was hat der Schlüssel von Lachis mit der Falle zu tun?«, fragte Chris und deutete auf den tödlichen Abgrund hinter ihnen.

»Wie ihr wisst, erwarte ich, hier unten etwas ganz Bestimmtes zu finden«, erwiderte der Professor nebulös. Er hatte den Kindern bislang nicht erzählt, was genau er eigentlich suchte. »Ich glaube, dass sich der … nennen wir ihn einmal Gegenstand … dass sich also dieser *Gegenstand* in einer verborgenen Kammer befindet. Einer Kammer, die sich nur mithilfe des Schlüssels öffnen lässt. Oben am Eingang ist ein negativer Abdruck des Schlüssels in die Wand eingelassen – ich hab die Scheibe vorhin dort unauffällig hineingeschoben und einmal um sich selbst gedreht. Ich hatte schon befürchtet, ich hätte keinen Erfolg gehabt. Doch jetzt weiß ich, dass der Schlüssel irgendetwas aktiviert hat, einen geheimen Mechanismus oder so etwas wie … nun, wie Zauberei. Lachis weiß, dass wir kommen. Der Schlüssel hat nicht nur irgendwo im Berg die Tür zur Geheimkammer geöffnet – er hat scheinbar auch die Fallen überall in Gang gesetzt.«

»Klasse«, keuchte Nils, hustete lautstark und stützte sich an der Wand ab.

»Vielleicht sollten wir umkehren«, schlug Lisa leise vor.

»Umkehren?« Der Professor starrte sie entgeistert an. »So kurz vor dem Ziel? Kommt gar nicht infrage.«

Kyra und Lisa wechselten einen Blick und verdrehten die Augen.

Chris schaute noch einmal besorgt zum Abgrund hinüber, dann hob er die Schultern. »Ich komm mir vor wie Indiana Jones für Arme.«

»Na ja, wenigstens gibt es keine Schlangen hier im Berg«, entgegnete der Professor verschmitzt. »Das zumindest ist doch ein Anlass zur Freude, oder?«

Die Freunde verzichteten auf eine Antwort.

Der Abstieg ging weiter.

Der Professor übernahm die Führung – sehr langsam und vorsichtig, aus Furcht vor weiteren Fallen – und studierte dabei einen Plan der unterirdischen Gänge und Stollen. Bald schon kamen sie an eine Kreuzung, bei deren Anblick sich sein Gesicht merklich aufhellte.

»Wir müssten gleich da sein«, sagte er aufgeregt.

Doch seine Vorfreude mochte nicht recht auf die vier Freunde überspringen. Ihr Erlebnis mit der Falle hatte ihnen das Interesse an Lachis gründlich verdorben.

Wenige Minuten später führte der Professor sie mithilfe der Karte in einen Gang, der einmal eine Sackgasse gewesen sein musste. Der aufgewühlte Staub und die zu Boden gerieselten Steinkrumen verrieten, dass sich die Öffnung in der Rückwand gerade erst aufgetan hatte.

»Die Tür zur geheimen Tempelkammer«, entfuhr es dem Professor atemlos. »Das Allerheiligste von Lachis!«

Kyra und ihre Freunde wechselten verstohlene Blicke. Sie alle spürten nun gleichfalls ein wenig von der Spannung, die Kyras Vater völlig in ihren Bann gezogen hatte. Doch obwohl sie neugierig waren, auf was es der Professor diesmal abgesehen hatte, fürchteten sie immer noch weitere Fallen.

Die gebündelten Strahlen ihrer Taschenlampen fraßen sich in das Dunkel jenseits der Öffnung. Der Raum war größer, als sie erwartet hatten, eher eine Halle als eine Kammer. Boden und Decke waren mit eingestaubten Öffnungen übersät, runden, faustgroßen Löchern. Es gehörte nicht viel Fantasie dazu, sich vorzustellen, was beim Betreten der Halle daraus hervorschießen mochte.

»Vergiftete Stahlspitzen«, murmelte der Professor beim Anblick der Löcher. »Oder Schlimmeres.«

»Ähem«, machte Nils vorsichtig, »was zum Beispiel könnte das sein … dieses *Schlimmere*?«

»Giftspinnen«, schlug Chris vor. »Tausende.«

Lisa schenkte ihm einen unsicheren Blick, während Kyra kreideweiß wurde. Sie verabscheute Spinnen.

Der Professor schaute sich um. In der Wand neben dem Durchgang entdeckte er eine kreisrunde Vertiefung, so groß wie der steinerne Schlüssel, den er immer noch in einer Hand hielt. Ein Lächeln huschte über seine Züge.

Er hob den Schlüssel und schob ihn in die Öffnung.

Er passte haargenau und ließ sich mit ein wenig Anstrengung einmal herumdrehen. Erneut ertönte aus den Tiefen des Gesteins das durchdringende Knirschen. Kyra ballte die Fäuste in Erwartung einer neuen Katastrophe.

Doch nichts geschah. Der Professor hatte die Fallen entschärft.

Wenigstens hofften sie das alle.

»Gut«, sagte er und atmete tief durch. »Ich gehe zuerst.«

Ehe jemand ihn aufhalten konnte, hatte er sich schon auf den Weg gemacht. Vorsichtig näherte er sich den ersten Öffnungen im Boden. Sie lagen so eng beieinander, dass es unmöglich gewesen wäre, zwischen ihnen hindurchzubalancieren.

Die vier Freunde starrten gebannt auf den breiten Rücken des Professors. Schweiß perlte unter seinem Schlapphut hervor und wurde vom Kragen seiner Khaki-Jacke aufgesogen.

Wie in Zeitlupe passierte er die erste Reihe der Öffnungen.

Nichts geschah. Keine Stahldornen schossen hervor, kein tödliches Gas zischte aus den Löchern. Auch unter der Felsendecke rührte sich nichts.

Der Professor ging noch zwei, drei Schritte weiter, dann blieb er stehen und drehte sich um.

»Okay«, sagte er, »ich denke, es ist sicher.« Ein erleichtertes Grinsen erhellte sein Gesicht.

Chris wollte gleich vorspringen und ihm folgen, aber der Professor hob abrupt die Hand.

»Nein!«, rief er. »Ihr bleibt da.«

»Aber das ist unfair«, gab Kyra erbost zurück. »Erst schleppst du uns hier runter und dann dürfen wir nicht bis zum Ende mitgehen.«

Nils stupste sie an. »Ich finde, dein Vater hat recht«, meinte er kleinlaut. »Lass uns warten.«

Lisa zog es vor, nichts dazu zu sagen. Sie hatte weder große Lust, dem Professor ins Dunkel der geheimen Halle zu folgen, noch fühlte sie sich wohl dabei, hier am Eingang tatenlos herumzustehen.

»Ich gehe allein und damit Schluss!«, rief Kyras Vater ungewohnt bestimmt. Und damit machte er sich wieder auf den Weg und ließ den Strahl seiner Taschenlampe durch die Finsternis tasten.

Chris seufzte und trat wieder einen Schritt zurück zu den anderen. »So was Blödes«, knurrte er mürrisch.

Das Licht des Professors riss plötzlich etwas aus der Dunkelheit. Ein Gesicht.

Eine Dämonenfratze!

Lisa stieß scharf die Luft aus, als sie die furchtbare Grimasse in der Schwärze schweben sah wie eine Geistererscheinung. Doch auch sie bemerkte sofort, dass das schreckliche Gesicht nicht lebte. Es war der Kopf eines steinernen Götzen. Hinter seinen Schultern stachen zwei mächtige Flügel aus Granit empor.

Der Professor näherte sich der Statue und beugte sich über etwas, das sich davor am Boden befand. Die Freunde konnten nicht erkennen, was es war.

»Großer Gott!« Das Flüstern des Professors war selbst über die Entfernung hinweg deutlich zu vernehmen.

»Was ist da?«, rief Kyra.

»Leuchtet her«, verlangte er, ohne auf die Frage zu antworten.

Alle Lichtstrahlen bohrten sich durch die Dunkelheit zum Steingötzen. An seinem Fuß lag etwas, das schwach im Schein der Lampe schimmerte. Das Ding sah aus wie ein Ei. Größer, viel größer als ein gewöhnliches Hühnerei – und doch war es weiß und glatt und oval. Es hätte das Gelege eines Riesenvogels sein können. Oder eines Sauriers. Es war ungefähr so groß wie der Schädel eines erwachsenen Menschen. Kyras Vater schaltete seine Lampe ab und befestigte sie an seinem Gürtel. Dann beugte er sich vor und hob das Gebilde mit beiden Händen auf. Als er es ehrfürchtig über seinen Kopf hielt und sich dabei zum Eingang umdrehte, war er sprachlos vor Freude und Aufregung.

Chris sah Kyra schief an. »Was ist denn?«, begann er.

Kyra unterbrach ihn. »Frag mich was Leichteres. Mir hat er nichts gesagt.«

Der Professor kam langsam zurück. Sein Blick löste sich nicht von dem sonderbaren Ding in seinen Händen.

»Unglaublich«, flüsterte er, als er wieder bei ihnen war.

»Warum sprichst du so leise?«, fragte Kyra unsicher.

Lisa schaute sich sogleich im Dunkeln um. Aber eine Gefahr war nirgends auszumachen.

Kyras Vater blieb bei seinem raunenden Tonfall. »Habt ihr so etwas Großartiges schon einmal gesehen?«

Nils verzog das Gesicht. »Ein Riesenei?«

»Kein Ei«, gab der Professor zurück. »Nicht mal im Entferntesten.«

»Was dann?«, fragte Lisa.

»Das Heiligtum der Heiligtümer. Das Haupt von Lachis.«

»Das Haupt von Lachis«, wiederholte Kyra nachdenklich. Sie konnte sich nicht erinnern, dass ihr Vater etwas Derartiges schon einmal erwähnt hatte.

Der Professor öffnete seinen Rucksack und schob den geheimnisvollen Gegenstand hinein. Dann schaute er die Kinder der Reihe nach an. »Wir haben das hier nie gefunden, verstanden?«

Chris nickte als Erster. »Nie!«

»Was hast du vor?«, wollte Kyra wissen, obwohl sie es längst ahnte.

»Wir werden etwas Verbotenes tun«, erklärte ihr Vater mit gesenkter Stimme.

Alle hielten den Atem an.

»Wir werden das Haupt von Lachis aus dem Land schmuggeln.«

Wolkenkrieger

Das Flugzeug glitt seit fast zwei Stunden durch die Nacht.

Nach dem Start vom Wüstenstützpunkt war ihnen allen ein Stein vom Herzen gefallen. Zum ersten Mal seit ihrem Abstieg in die Ruinen von Lachis fühlten sie sich wieder sicher.

Obwohl der Professor den mysteriösen Fund in seinem Rucksack aufbewahrte – im Augenblick stand er zwischen seinen Füßen vor dem Sitz –, war es den Freunden die ganze Zeit über so vorgekommen, als trüge jeder von ihnen ein Stück davon bei sich. Sie alle wussten, dass auf die unerlaubte Ausfuhr archäologischer Funde hohe Strafen standen. Genau genommen war es Diebstahl, denn Entdeckungen wie diese gehörten immer jenem Staat, auf dessen Gebiet sie gemacht wurden.

Nun also waren sie Diebe. Verbrecher.

Im Nachhinein aber, in der Sicherheit der Flugzeugkabine, schwand ihr schlechtes Gewissen sehr schnell. Erleichterung und Spannung vermischten sich zu Euphorie. Schlafen konnte jetzt keiner der vier mehr.

Das Flugzeug war eine zweimotorige Propellermaschine. Auf jeder Seite des Mittelgangs befanden sich zehn Reihen zu je zwei Sitzen. Die wenigsten waren besetzt. Außer dem Professor und den vier Freunden befanden sich noch sechs Japaner an Bord, steinreiche Touristen, die mit dieser Maschine ganz Europa bereisten. Der Professor hatte ihnen für einen Spottpreis fünf Plätze für den Flug von Israel nach Rom abgekauft – die Japaner waren auf das Geld nicht angewiesen und fühlten sich geehrt, einem so berühmten Wissenschaftler behilflich sein zu können. Von Rom aus wollten die fünf dann einen Linienflug zurück nach Hause nehmen.

Die sechs Japaner saßen weit hinter ihnen. Sie schliefen.

»Was hätten die Soldaten in Lachis wohl mit uns angestellt, wenn sie uns erwischt hätten?«, fragte Lisa.

»In irgendein Gefängnis gesteckt und zu Tode gefoltert«, sagte Nils.

Chris nickte ernsthaft. »Mindestens.«

»Echt?«, fragte Lisa mit großen Augen.

Kyra schüttelte den Kopf. »Uns hätten sie wahrscheinlich laufen lassen. Aber mein Vater wäre hinter Gitter gewandert. Für zehn, fünfzehn Jahre, schätze ich.«

Lisa schüttelte sich bei dem Gedanken. Sie schaute zum Professor hinüber, der drei Reihen vor ihnen saß und schnarchte. Er hatte seit Tagen vor Aufregung kaum noch geschlafen. Die Expedition ins Innere des Tell ed-Duwer war ein Höhepunkt seiner Karriere gewesen.

Die Plätze der Freunde befanden sich genau über den Tragflächen des Flugzeugs. Draußen wurde die Nacht von einem strahlend weißen Halbmond erhellt. Sein Licht brachte die Tragflächen zum Schimmern, das Metall glänzte wie unter einer Eisschicht. Die großen Propeller bewegten sich so schnell, dass sie nicht mehr zu erkennen waren. Nur der Schein der roten Signallichter brach sich flirrend in der rasenden Drehung der Rotorblätter.

Kyra und Nils saßen auf der einen Seite des Mittelgangs, Lisa und Chris auf der anderen. Als Chris sich hinsetzte, hatte Lisa sich blitzschnell an ihrem Bruder Nils vorbeigeschlängelt und den Platz neben Chris in Beschlag genommen. Nils hatte nur geseufzt und nichts gesagt – ihm war nur zu klar, dass Lisa heimlich in Chris verknallt war. Auch Kyra wusste Bescheid. Das Problem war, dass Chris sich wiederum auffallend für Kyra interessierte und offenbar noch immer nicht mitbekommen hatte, wie sehr Lisa sich um seine Nähe bemühte.

»Ich weiß nicht«, meinte Kyra leise, »irgendwie gefällt mir das alles nicht.«

Die anderen wussten, was sie meinte. Es war das erste Mal, dass der Professor in ihrem Beisein etwas Ungesetzliches getan hatte – abgesehen von kleineren Bestechungen hier und da. Keinem der vier war bei diesem Gedanken besonders wohl.

Lisa wollte etwas sagen, als plötzlich ein leichter Ruck durch das Flugzeug ging.

Chris schluckte. »Blöde Luftlöcher.«

Nils grinste. Er hatte gesehen, wie bleich sein Freund geworden war. Gerade setzte er zu einer hämischen Erwiderung an, als Lisa flüsterte: »Das war kein Luftloch.«

Die Köpfe der drei anderen wandten sich ihr zu. Lisa hatte das Gesicht ans Fenster gepresst und starrte hinaus in die Nacht. Ihr Körper war stocksteif geworden.

»Wie meinst du das?«, fragte Kyra.

»Kein ... Luftloch«, wiederholte Lisa tonlos.

»Was ist da draußen?«, fragte Chris in einem Anflug von Besorgnis. Sanft zog er Lisa an der Schulter herum, um über sie hinweg selbst einen Blick hinauszuwerfen.

Beinahe schlimmer als das, was er dort entdeckte, war Lisas Gesichtsausdruck. Ihre Wangen glänzten wie die einer Porzellanpuppe. Sie sah aus, als stünde sie unter Schock.

»Das kann ... das kann doch nicht sein«, brachte sie mühsam hervor.

Chris musste ihr recht geben. Was er dort draußen erblickte, war einfach unmöglich.

Und doch sah er es mit eigenen Augen.

»Scheiße, was ist los?«, wollte Nils wissen.

Kyra sprang blitzschnell auf und kletterte hastig in die freie Sitzreihe vor Chris und Lisa. Mit klopfendem Herzen schaute sie durchs Fenster – und erstarrte.

Auf der Tragfläche saß ein Mann.

Es war verrückt – natürlich! Und doch ...

Der Mann hockte mit eng angezogenen Knien auf dem Flügel der Maschine. Er musste sich nicht einmal mit den Händen abstützen, so sicher war sein Sitz. Weder Höhe oder Kälte noch der tosende Gegenwind brachten ihn aus der Balance. Sein langes dunkles Haar flatterte und der bodenlange schwarze Mantel warf zuckende Falten. Nichts konnte ihm etwas anhaben. Er kauerte dort draußen auf der äußeren Spitze der Tragfläche, als sei dies die natürlichste Sache der Welt.

Kyras Blick auf ihren Unterarm war längst zum Reflex geworden. Aber die Sieben Siegel, die sonst angesichts einer übernatürlichen Bedrohung auf ihrer Haut erschienen, blieben unsichtbar.

Chris und Lisa machten die gleiche Entdeckung: Die Siegel zeigten sich nicht. Konnte das bedeuten, dass von dem Mann auf der Tragfläche gar keine Gefahr ausging?

»Hätte jemand die Güte, mir zu sagen, was –« Weiter kam Nils nicht, denn im selben Moment erschütterte ein zweiter Ruck das Flugzeug. Diesmal auf der anderen Seite.

Nils rutschte zum gegenüberliegenden Fenster und starrte hinaus.

»Mist!«, war alles, was er zwischen zusammengebissenen Zähnen hervorbrachte.

Kyra war sofort neben ihm.

»Da ist noch einer«, klärte sie Chris und Lisa auf. »Er sitzt genauso da.«

Tatsächlich unterschied sich der zweite Mann auf

der anderen Tragfläche nicht von dem ersten. Sein Gesicht war nicht genau zu erkennen, aber er trug den gleichen Mantel und hatte das gleiche lange Haar.

Nils blickte auf seinen Unterarm. »Keine Siegel.«

Seit sie während ihres Kampfes gegen den auferstandenen Hexenmeister Abakus die magischen Male auf ihren Unterarmen erhalten hatten, gehörten sie zu einem kleinen Kreis von Auserwählten, der sich dem Kampf gegen die Mächte des Bösen verschrieben hatte. Das Schlimme war, dass die vier gar keine andere Wahl hatten – die Sieben Siegel zogen die Kreaturen der Nacht an wie Magneten. Kyras verstorbene Mutter, eine Hexe, hatte ihrer Tochter und deren drei besten Freunden dieses Erbe übertragen. Keiner von ihnen war glücklich darüber – ganz im Gegenteil –, doch allmählich lernten sie, mit der ständigen Bedrohung zu leben.

Umso verwirrender war, dass die Siegel diesmal nicht erschienen waren. Normalerweise wurden sie immer dann sichtbar, wenn Gefahr drohte. Warum also nicht jetzt?

»Vielleicht sind die beiden … na ja, harmlos«, meinte Nils.

Kyra schenkte ihm einen finsteren Blick. »Sehen die für dich so aus, ja?«

Da sagte Lisa: »Er hat gelächelt.«

»*Was?*«, entfuhr es ihrem Bruder.

»Er hat mich angelächelt«, wiederholte sie, ohne den Blick vom Fenster zu nehmen. Leiser fügte sie hinzu: »Aber irgendwie hat es nicht besonders freundlich ausgesehen.«

Der Mann vor ihrem Fenster richtete sich vorsichtig auf, ungeachtet des peitschenden Windes. Langsam machte er einige Schritte die Tragfläche entlang, näherte sich dem Rumpf der Maschine.

»Er kommt … er kommt auf mich zu«, flüsterte Lisa starr vor Angst.

Chris schaute über ihre Schulter und fluchte leise.

»Unserer sitzt noch«, sagte Kyra. Sie blickte an Nils vorbei nach draußen. »Das heißt, Moment … jetzt bewegt er sich.«

»Er steht auf«, sagte Nils.

Lisa hatte das Gefühl, als müsste ihr Brustkorb jeden Augenblick auseinanderplatzen, so schnell und hart schlug ihr Herz. Sie spürte Chris hinter sich, aber die Aufregung, die sie gepackt hielt, hatte nichts mit ihm zu tun. Sie konnte nichts anderes tun, als den unheimlichen Mann draußen auf der Tragfläche anzustarren.

Plötzlich blieb er stehen. Er befand sich jetzt auf Höhe des Propellers.

»Schnallt euch an«, rief Kyra laut genug, dass auch ihr Vater und die Japaner davon aufwachen mussten. »Schnallt euch alle an!«

Chris zurrte seinen Gurt fest. »Was macht er?« Er konnte genau wie die anderen kaum glauben, was er mit eigenen Augen mit ansah.

Der Mann drehte sich zur Seite und streckte den rechten Arm nach dem Rotor aus.

»Oh Gott!«, entfuhr es Lisa. »Er wird sich –«

Die Hand des Mannes fuhr mitten in die kreisende Bewegung des Propellers. Einfach *mitten hinein*!

Und dann hielt er das Rotorblatt an.

Den Freunden blieben zwei, drei Sekunden, um die schiere Unmöglichkeit dieses Vorgangs zu akzeptieren: *Der Mann stoppte den Propeller des Flugzeugs mit bloßer Hand!*

Diesmal ging mehr als ein Ruck durch die Maschine. Innerhalb eines Atemzuges kippte das Flugzeug zur Seite weg. Taschen und andere Gepäckstücke flogen wie Geschosse durch die Kabine. Die Japaner schrien auf, der Professor brüllte irgendetwas Unverständliches, und Lisa spürte, wie sie fast vom Sitz gerissen wurde. Nur der Sicherheitsgurt hielt sie noch. Aus dem Lautsprecher ertönte das Heulen eines Alarmsignals.

»Wir stürzen ab!«, kreischte Nils, bevor alles in einem Chaos aus Schreien und dem Stottern der Motoren unterging.

Dann aber, wie durch ein Wunder, hörte es auf.

Das Flugzeug legte sich wieder in die Horizontale. Ruckend zwar, aber einigermaßen sicher.

Lisa öffnete ihre Augen und sah nach draußen.

Der Mann stand immer noch auf der Tragfläche. Der Propeller rotierte wieder. Ein zweiter Mann hatte von hinten seine Arme um den ersten gelegt und hielt ihn in Schach.

Ja, tatsächlich, die beiden kämpften miteinander!

Nils, Kyra und Chris redeten wild durcheinander,

aber Lisa hörte ihnen nicht zu. Sie hatte nur Augen für den gespenstischen Kampf, der sich wenige Meter von ihr entfernt auf der Tragfläche abspielte.

Der Mann, der den anderen von hinten umklammert hielt, hatte das gleiche lange schwarze Haar, trug den gleichen dunklen Mantel. Was immer diese Wesen auch waren – es schien einen tödlichen Streit zwischen ihnen zu geben.

Der Professor war aufgesprungen und herbeigeeilt. »Seid ihr in Ordnung?«, fragte er besorgt.

Irgendwer antwortete. Lisa nahm es nicht wahr. Sie starrte gebannt durch das rechte Fenster auf das unheimliche Ringen.

Rhythmisches Krachen ertönte über ihren Köpfen. So absurd es auch schien – es klang wie Schritte. Jemand lief über die Außenhaut des Flugzeugs!

Kyra schaute aus dem linken Fenster. »Er ist weg«, entfuhr es ihr. »Unserer ist weg!«

Aber allen war klar, dass er keineswegs spurlos verschwunden war. Offenbar lief er über das Flugzeug hinweg zur anderen Seite, um seinem Gefährten im Kampf gegen den plötzlichen Angreifer zu Hilfe zu kommen.

Lisa und Chris sahen es gleichzeitig: Plötzlich sprang ein dunkler Schemen vor ihrem Fenster herab, blieb breitbeinig stehen und wandte ihnen den Rücken zu. Lisa konnte dennoch haarscharf an ihm vorbeisehen und beobachten, wie der Kampf endete.

Der Angreifer, der hinter dem ersten Mann erschienen war und ihn davon abgehalten hatte, das Flugzeug abstürzen zu lassen, hatte jetzt die linke Hand im Haar seines Gegners verkrallt; seine rechte lag immer noch fest wie eine Schraubzwinge um den Brustkorb des anderen.

Plötzlich riss der Angreifer mit einem brutalen Ruck seine linke Hand zurück – und zog Gesicht und Haar seines Gegners ab wie eine Gummimaske.

Es floss kein Blut. Auch kam kein Knochenschädel unter dem Gesicht zum Vorschein. Zumindest kein menschlicher.

Auf der Schulter des Mannes saß ein weißes, glattes Oval. Keine Augen, keine Nase, kein Mund. Nur eine Kugel wie aus Elfenbein. Sie sah genauso aus wie das Ding, das sie im Tempel von Lachis entdeckt hatten.

Aber Lisa und Chris blieb keine Zeit, das Wesen genauer zu betrachten. Denn im selben Augenblick, als sein Schädel entblößt wurde, erschlafften die Bewegungen der Kreatur. Leblos stürzte sie von der Tragfläche in die Tiefe.

Ihr Bezwinger warf das haarige Bündel in seiner Hand achtlos hinterher und wandte sich seinem zweiten Gegner zu, der jetzt über die Tragfläche hinweg auf ihn zukam. Die beiden Männer in ihren flatternden schwarzen Mänteln standen sich gegenüber wie zwei Westernhelden, bereit zum letzten, tödlichen Duell.

Dann aber stieß sich der zweite Mann – jener, der von der anderen Tragfläche herübergeklettert war – breitbeinig ab und verschwand blitzschnell aus Lisas

Blickfeld. Der Tod seines Gefährten hatte seinen Mut offenbar schwinden lassen.

Der Sieger des Kampfes wischte sich seine linke Hand am Mantel ab.

»Er wird den Propeller anhalten«, keuchte Chris atemlos.

Lisa schüttelte den Kopf. »Nein, das wollte der andere tun. Der hier hat uns gerettet. Er will uns nichts Böses.«

Sie war selbst nicht sicher, woher sie diese Überzeugung nahm, aber irgendetwas machte sie ganz sicher. Einmal, während des Kampfes, hatte sie einen kurzen Blick auf das Gesicht des Mannes erhaschen können.

Er war jung, höchstens achtzehn, neunzehn Jahre alt. Seine Züge waren hager und ausgezehrt, aber in seinen Augen lag ein sonderbares Glimmen, das ihr Vertrauen einflößte.

Kyra und Nils hatten mittlerweile ihre Gurte gelöst und waren in die leere Sitzreihe vor Lisa und Chris geklettert. Der Professor hatte sich auf den Weg zum Cockpit gemacht, während die Japaner aufgeregt durcheinanderredeten. So kam es, dass niemand außer den vier Freunden den geisterhaften Kampf auf der Tragfläche bemerkt hatte.

Das lange schwarze Haar des Mannes flatterte wirr vor seinem Gesicht und verdeckte seine Züge. Trotzdem schien es Lisa, als hätte sie ein vages Lächeln zwischen den zuckenden Strähnen erkannt.

Plötzlich, von einer Sekunde zur anderen, verharrte er in der Luft, während das Flugzeug unter ihm davonschoss. Dann war er fort.

Lisa drehte sich zu Chris um. Er atmete tief durch und wollte etwas sagen, doch im selben Moment kam ihm eine Stimme aus den Lautsprechern zuvor.

»Wir befinden uns auf griechischem Hoheitsgebiet über der südlichen Ägäis. Das Flugzeug ist beschädigt.« Die Lautsprecher knisterten, ehe der Pilot nach kurzem Zögern hinzufügte: »Ich werde versuchen, die Maschine auf einer der Inseln notzulanden.«

Von der Außenwelt abgeschnitten

Es war eine Bruchlandung, daran konnte kein Zweifel bestehen; und dennoch verlief sie einigermaßen glimpflich.

Der Schaden am Propeller war größer, als es den Anschein gehabt hatte, und auch die Hydrauliksysteme waren beschädigt. Dass der Pilot es trotzdem fertigbrachte, die Menschen an Bord unverletzt auf festen Boden zu bringen, grenzte an ein Wunder. Nach den ersten Sekunden bangen Schweigens dankten seine Passagiere es ihm mit begeistertem Jubel.

Eilig wurde eine der Ausstiegsluken geöffnet. Draußen war es dunkel, und falls irgendwer erwartet hatte, Krankenwagen mit Signallichtern oder auch nur Flugplatzpersonal zu sehen, so hatte er sich getäuscht.

Die Landebahn war leer. Niemand erwartete sie, niemand kam ihnen zu Hilfe.

Da von außen keine Treppe herangerollt wurde, musste aus der Kabine eine behelfsmäßige Leiter ausgefahren werden, damit die Passagiere die Maschine verlassen konnten. Der Höhenunterschied zwischen Luke und Boden war zu groß, um einfach hinabzuspringen.

Schließlich aber standen alle wohlbehalten auf der sandigen Piste. Die Japaner redeten in englischer Sprache auf den Piloten ein, während der Professor sich zu Kyra und ihren Freunden gesellte.

»Es besteht keine Explosionsgefahr«, erklärte er mit nervösem Lächeln. »Sagt zumindest der Kapitän. Und nachdem er uns heil von dort oben heruntergebracht hat, können wir ihm wohl glauben, schätze ich.«

»Hat er Hilfe gerufen?«, fragte Nils.

Der Professor schüttelte den Kopf. »Die Elektronik ist kurz vor der Landung ausgefallen. Nur die Notaggregate haben noch funktioniert. Für das Funkgerät war nicht mehr genügend Saft da.« Als er die besorgten Gesichter der Freunde sah, fügte er hastig hinzu: »Natürlich hat er schon während der Turbulenzen ein SOS losgeschickt, aber er ist sich nicht sicher, ob es irgendwer aufgeschnappt hat. Rückmeldungen gab es jedenfalls keine.«

Kyra schaute sich seufzend um. »Dann sitzen wir wohl fest, oder?«

Der Anblick des verlassenen Flugplatzes war Antwort genug. Es gab neben ihrer eigenen keine weiteren Maschinen, geschweige denn einen Tower. Das einzige Gebäude, das sie in einiger Entfernung erkennen konnte, war eine Wellblechhütte. Hinter dem winzigen Fenster brannte kein Licht.

Rechts und links wurde die Piste von kargem Felsboden begrenzt, während am Horizont das nächtliche Mittelmeer im sanften Mondlicht schimmerte.

Unter anderen Bedingungen hätte dies eine idyllische Aussicht sein können; jetzt aber vermittelte sie den Eindruck, als wären die zwölf Gestrandeten die einzigen Menschen auf dem ganzen Planeten.

»Willkommen am Ende der Welt«, kommentierte Nils.

Der Professor klopfte ihm aufmunternd auf die Schulter, dann machte er sich allein auf den Weg zu der Blechbaracke. Wenig später löste sich der Pilot aus dem Pulk der Japaner und folgte ihm. Die beiden Männer hofften wohl, in der Hütte ein intaktes Funkgerät zu finden.

Lisa starrte zum dunklen Himmel empor. Sie dachte an den geheimnisvollen Fremden, der ihr durch das Fenster zugelächelt hatte – nachdem er ihnen allen das Leben gerettet hatte.

»Glaubst du, er beobachtet uns?«, fragte Kyra sie leise von der Seite. Auch sie blickte hinauf in die Unendlichkeit.

»Bestimmt«, erwiderte Lisa überzeugt. »Nach allem, was er getan hat, wird er sich vergewissern wollen, dass wir heil hier unten angekommen sind.«

Chris legte die Stirn in Falten. »Vielleicht ging es ihm ja überhaupt nicht um uns.«

Die anderen starrten ihn erstaunt an.

»Du denkst, er wollte das *Ei*?«, fragte Nils.

»Dieses … Ei hat ausgesehen wie der Schädel von dem einen Kerl«, gab Chris zurück. »Auf jeden Fall gibt es eine Verbindung zwischen dem Angriff und dem Fund deines Vaters, Kyra.«

Sie stimmte ihm zu. »Er wird uns einiges erklären müssen.«

»Bisher hat er kaum ein Wort über das Ding verloren«, meinte Nils mürrisch. »Ich denke nicht, dass er es sich anders überlegt, wenn wir ihm erzählen, draußen auf der Tragfläche hätten sich ein paar Typen darum geprügelt.«

»Meinst du, er glaubt uns nicht?«, fragte Lisa.

Ihr Bruder nickte.

Kyra aber widersprach. »Mein Vater weiß, dass meine Mutter uns die Sieben Siegel vererbt hat. Und er weiß, was das bedeutet.«

Nils zeigte ihr seinen leeren Unterarm. »Aber die Siegel sind unsichtbar geblieben. Wir haben keine Beweise für das, was da oben passiert ist.«

»Er ist mein *Vater* … er wird keine Beweise brauchen, um uns zu glauben.«

»Immerhin schreibt er Bücher über Ufos und so 'n Zeug«, sagte auch Lisa.

»Habt ihr mal überlegt, warum die Siegel eigentlich nicht erschienen sind?«, warf Chris ein. »Ich meine, immerhin hätten sie uns warnen müssen, oder?«

»Vielleicht sind sie für immer fort«, schlug Nils vor. Ihm war anzusehen, wie glücklich ihn diese Vorstellung machte.

»Nie im Leben«, gab Kyra entschieden zurück. »Die Siegel verschwinden nicht einfach. Sie bleiben, bis man stirbt … und darüber hinaus.« Sie wusste selbst nicht genau, wie sie darauf kam – aber es klang wie die Wahrheit.

»Die Siegel reagieren auf alles, was böse ist«, überlegte Lisa laut. »Demnach ist doch die einzige mögliche Erklärung, dass die Männer dort oben gar nicht wirklich böse waren. Und das gilt für alle drei, nicht nur für den, der uns geholfen hat.«

»Die beiden anderen wollten uns aber *umbringen*«, gab Nils scharf zurück.

Kyra schluckte. »Vielleicht hatten sie ja einen Grund dazu. Einen, der überhaupt nichts mit Gut und Böse zu tun hat.«

»Das Haupt von Lachis«, fügte Chris hinzu.

Kyra nickte.

Sie warteten schweigend eine Weile, bis der Professor und der Pilot mit enttäuschten Gesichtern zurückkehrten. Die Hütte sei leer, erklärten sie. So wie es aussähe, sei seit Jahren niemand mehr dort gewesen.

Kyras Vater verkündete den Freunden, dass er gemeinsam mit ihnen die Insel erkunden und nach Hilfe suchen wollte. Der Pilot sollte derweil mit den Japanern beim Flugzeug bleiben und das Ausmaß der Schäden in Augenschein nehmen.

Kyra und die anderen waren froh über diese Entscheidung. Immerhin mussten sie nicht tatenlos herumsitzen und darauf warten, dass irgendein Schiff oder Flugzeug sie zufällig entdeckte. Außerdem hatten sie so Gelegenheit, den Professor über das Haupt von Lachis auszufragen, ohne dass einer der anderen Passagiere lauschen konnte.

»Die Insel ist nicht groß, hat der Pilot gesagt.« Der

Professor zog seinen Schlapphut vom Kopf und rieb sich die schimmernde Glatze. »Im Landeanflug hat er ein Dorf entdeckt, weiter oben an der Nordküste.«

»Norden?«, fragte Nils skeptisch. Woher sollten sie ohne Kompass wissen, wohin sie gehen mussten?

Dem Professor aber genügte ein einziger Blick zum Nachthimmel, um anhand der Gestirne die Richtung zu bestimmen. »Da lang«, sagte er und zeigte mit ausgestrecktem Arm zur Hütte. »Wenn ich mich nicht täusche, ist da drüben neben dem Felsen sogar ein Weg, oder?«

Die vier Freunde starrten mit zusammengekniffenen Augen in die angegebene Richtung. Tatsächlich – im fahlen Mondlicht war ein schmaler Pfad neben den Felsen zu erkennen.

Sie machten sich auf den Weg und erreichten nach einiger Zeit einen erhöhten Punkt, von dem aus sie einen weiten Teil des Eilands überblicken konnten. Die griechische Ägäis, ein malerisches Seegebiet im östlichen Mittelmeer, war bekannt für ihre vielen kleinen Inseln. Die Freunde hatten natürlich ausgerechnet eine der winzigsten erwischen müssen. Typisch.

Im Mondlicht waren die genauen Größenverhältnisse nur schwer zu erahnen, aber Lisa schätzte, dass die breiteste Stelle der Insel kaum mehr als vier Kilometer maß. Es gab keine Bäume, nur schroffe Felsen, auf denen borstiges Gras und ein paar karge Büsche wuchsen.

Nachdem sich ihre Augen an das fehlende Licht gewöhnt hatten, konnten sie auch das Dorf erkennen.

Zu Fuß würden sie etwa eine halbe Stunde brauchen, vorausgesetzt sie gerieten nicht an irgendwelche Felsspalten, die ihnen den Weg versperrten.

Die Gebäude waren weiß und eng ineinander verschachtelt. Man hatte sie in eine Felswand hineingebaut, die sich über einer scharfen Klippe erhob. Jenseits des Klippenrandes fiel ein tiefer Abgrund zum Meer ab.

»Seht ihr irgendwo Lichter?«, fragte Chris.

»Kein einziges«, gab Nils zurück. »Sieht aus wie ausgestorben.«

»Um diese Uhrzeit kein Wunder«, sagte der Professor, bemüht, Optimismus zu verbreiten. »Die Leute werden schlafen. Sie sind wahrscheinlich Fischer oder Ziegenhirten, die früh rausmüssen.«

Kyra und Lisa wechselten einen zweifelnden Blick, hielten sich aber mit Kommentaren zurück. Beide hatten den gleichen Gedanken: Wenn das da drüben wirklich ein Geisterdorf war, dann war es gewiss kein Zufall, dass sie ausgerechnet hier gelandet waren. Irgendetwas steuerte sie, eine Macht, die nichts mit schlichtem Schicksal zu tun hatte. Jemand oder etwas hatte gewollt, dass sie auf dieser Insel strandeten, abseits jeder Zivilisation. Und beide Mädchen erwarteten mit Bangen den nächsten Zug ihres Gegenspielers.

Etwa zehn Minuten lang bewegten sie sich über den Pfad zwischen den Felsen nach Norden, näher auf das Dorf zu, als vor ihnen plötzlich zwei Lichter in der Dunkelheit auftauchten.

Die Scheinwerfer eines Jeeps.

Mit röhrendem Motor kam das Gefährt auf sie zu. Geröll knirschte unter den breiten Reifen, als der Fahrer den Wagen neben ihnen zum Stehen brachte.

Hinter dem Steuer saß ein kleiner Mann, dessen Gesicht aussah wie eine Frucht, die zu lange in der Sonne gelegen hatte. Er war dürr und faltig, der salzige Seewind hatte Muster in seine Züge geprägt wie misslungene Meißelschläge eines Bildhauers. Klapprig dünne Beine ragten aus viel zu weiten Shorts. Er trug ein kurzärmeliges Hemd und eine Baseballkappe mit buntem Aufdruck. Lisa versuchte, sein Alter zu schätzen – ohne Erfolg. Der Mann mochte vierzig oder hundert sein, sie konnte es nicht sagen.

Er grüßte sie in einem halben Dutzend Sprachen, ehe er herausfand, dass sie Deutsche waren.

»Ich nehme an, Sie sind mit dem Flugzeug runtergekommen«, sagte er mit französischem Akzent zu Kyras Vater und fügte dann mit einem Blick auf die Freunde hinzu: »Ihr habt die Landung doch alle heil überstanden, oder?«

»Wir sind okay«, sagte Chris, aber er klang nicht besonders freundlich.

Lisa betrachtete verstohlen ihren Unterarm. Keine Siegel. Aber nach dem, was in der Luft passiert war, hatte das im Augenblick herzlich wenig zu bedeuten. Allerdings, das musste sie sich eingestehen, sah der Mann nicht besonders bedrohlich aus. Eher verschroben.

»Gestatten, Doktor Jean-Denis Castel«, stellte sich

der Franzose vor. »Leiter der meteorologischen Station dieser einladenden Insel. Und ihr einziger Mitarbeiter.«

»Ein Wetterfrosch«, entfuhr es Lisa. Als alle sie ansahen, räusperte sie sich verschämt. »Ein Wetterforscher, meine ich.«

Kyras Vater stellte sich vor und nannte nacheinander die Namen der anderen.

Castel nickte, als erfülle ihn diese Begegnung auf rätselhafte Weise mit tiefer Zufriedenheit. »Sie sind unterwegs zum Dorf, vermute ich. Den Weg können sie sich sparen. Dort lebt niemand mehr.«

Kyra, die gleich Berge von Leichen vor ihrem geistigen Auge sah, wurde bleich. »Was ist passiert?«

Castel lachte. »Passiert? Gar nichts. Die Menschen haben die Insel schon vor ein paar Jahren verlassen. Es waren sowieso nicht mehr viele übrig. Die jungen Leute zogen seit jeher so bald wie möglich aufs Festland oder auf eine der großen Inseln, und die Alten … na ja, wir alle leben nicht ewig. Manche starben, und der Rest ging fort, als die Fischfanggebiete nicht mehr genug hergaben, um sie zu ernähren.«

»Heißt das, Sie sind der einzige Mensch, der noch auf dieser Insel lebt?«, fragte der Professor.

»Ich fürchte, das heißt es.« Der Franzose grinste breit. Seine zahllosen Falten schienen dabei durcheinanderzugeraten wie Mikadostäbe. »Wenn Sie jemanden suchen, der Ihnen hilft, müssen Sie sich mit mir zufriedengeben. Obwohl ich nicht sicher bin, dass ich Ihnen wirklich eine große Hilfe sein kann.«

»Aber Sie haben doch bestimmt in Ihrer Wetterstation ein Funkgerät.«

»Oh ja, gewiss.«

»Großartig.«

»Leider ist es kaputt.«

Der Professor starrte Castel aus geweiteten Augen an. »Kaputt?«

»Defekt … funktionsuntüchtig … wie immer Sie es nennen wollen.« Castel machte eine einladende Bewegung. »Aber, bitte, begleiten Sie mich. Vielleicht finden wir gemeinsam einen Weg, das Ding zu reparieren. Ich selbst stelle mich bei solchen Dingen leider immer ein wenig ungeschickt an.«

Bei diesen Worten fiel Lisa auf, dass Castels Finger unablässig zitterten und zuckten. Sie wusste, dass ältere Menschen häufig an dieser Krankheit litten, hatte aber keine Ahnung, wie sie hieß.

Der Professor blickte fragend in die Runde. Auch wenn die Freunde viel jünger waren als er, wollte er sich ohne ihre Zustimmung auf nichts einlassen. Gesten wie diese waren es, die ihn bei Kyra und den anderen so beliebt machten. Er nahm sie genauso ernst wie jeden Erwachsenen … meistens zumindest.

Lisa hatte gehofft, dass sie während des Fußmarsches ein paar Einzelheiten über das Haupt von Lachis aus dem Professor herausbekommen würden. Jetzt aber, da Castel bei ihnen war, konnten sie das wohl vergessen; Kyras Vater würde nie vor einem Fremden über seinen Fund sprechen.

»Ich weiß nicht«, meinte Kyra, die wohl das Gleiche dachte wie Lisa. »Wir sollten trotzdem erst zum Dorf gehen.«

Chris und Nils nickten, und Lisa meinte: »Vielleicht finden wir dort was zu essen. Ich hab Hunger.« Das war ein ziemlicher Schwindel – nach Essen war ihr im Augenblick wirklich nicht zumute. Sie hoffte vielmehr, den Professor auf diese Weise davon abzubringen, mit Castel zu fahren.

Kyras Vater aber hatte seine Entscheidung getroffen. »Ich denke, wir sollten erst einmal mit dem Doktor fahren. Vielleicht hat er sogar irgendwas Essbares da.«

Der Franzose stimmte zu. »Trockenfleisch. Trockenobst. Cornflakes und Milchpulver. Nichts Besonderes, aber es reicht für alle.«

Es schien, als hätten sie keine andere Wahl, als sich darauf einzulassen. Sie zwängten sich in den engen Jeep – Nils und Chris mussten mit der schmalen Ladefläche vorliebnehmen –, dann trat Castel abrupt aufs Gas. Lisa blieb vor Schreck fast die Luft weg, und auch Kyra und die Jungs sahen alles andere als glücklich aus – erst recht, als sie in hohem Tempo durch die ersten Schlaglöcher rumpelten.

Die Fahrt führte sie durch die öde Felslandschaft des Eilands. Castels Wetterstation lag auf einem Hügel an der Westküste, keine hundert Meter vom Meer entfernt. Das Gebäude war klein und grau. Auf seinem Dach glitzerten ein Dutzend Antennen und andere mysteriöse Gerätschaften.

Bald darauf betraten sie den einzigen Raum der

Station. Er war vollgestopft mit Maschinen und Schaltpulten, flimmernden Computermonitoren und altmodischen Messgeräten. In einer Ecke stand eine schmale Liege mit zerwühltem Bettzeug, daneben ein Kühlschrank und eine elektrische Kochstelle. Außen, an der Rückwand des Gebäudes, wummerte ein Stromgenerator.

Castel deutete auf ein kleines Funkgerät auf einem Schreibtisch, halb begraben unter losen Papieren und Computerausdrucken. Ein dünner Drahtkopfhörer lag davor, leicht verbeult, so als hätte ihn jemand vor Wut gegen die Wand geknallt.

»Da steht das Miststück«, sagte der Wetterforscher. »Seit fast einer Woche hab ich keinen Kontakt mehr zur Außenwelt. Die Vorräte reichen noch fast einen Monat, aber falls ich mir auch nur ein Bein breche oder sonst was passiert, bin ich aufgeschmissen.«

Der Professor beugte sich über das Gerät, hob die bereits losgeschraubte Deckplatte ab und starrte in das verwirrende Chaos aus Kabeln und Kontakten dahinter. Er seufzte tief bei diesem Anblick. Dann schaute er über die Schulter Castel an.

»Kennen Sie sich mit diesem Ding aus?«

»Einigermaßen.« Der Franzose hob seine zitternden Hände. »Ich fürchte nur, die Feinmechanik ist nichts mehr für meine Finger. Ich kann Ihnen sagen, was zu tun ist – ungefähr, wenigstens –, aber durchführen müssen Sie die Reparatur selbst.«

Der Professor richtete sich auf. »Einverstanden. Lassen Sie uns erst zurück zum Flugzeug fahren.

Wir müssen den anderen Bescheid geben. Außerdem kann es nicht schaden, wenn wir uns den Werkzeugkasten der Maschine ausleihen.«

Lisa hatte über dem Bett des Franzosen einen Kalender mit vergilbten Nacktfotos entdeckt. Er war vor acht Jahren abgelaufen.

Sie konnte es kaum noch erwarten, wieder von hier zu verschwinden.

Azachiel

Vom Flugzeug aus fuhr der Professor mit Castel zurück zur Wetterstation, während Kyra und die anderen sich berieten: Sie entschieden, auf eigene Faust das verlassene Dorf auszukundschaften. Vielleicht fanden sie dort ja doch irgendetwas, was ihnen weiterhalf.

Es war gegen vier Uhr morgens, als sie sich auf den Weg machten. Der Himmel war immer noch stockdunkel. Jeder von ihnen trug eine der Taschenlampen bei sich, mit denen sie schon die Ruinen von Lachis erforscht hatten.

Sie hatten etwa einen Kilometer zurückgelegt, als Nils plötzlich sagte: »Irgendwie ist das alles hier noch unheimlicher als die Stollen von Lachis, findet ihr nicht auch?«

»Geht so«, meinte Kyra griesgrämig. Von ein paar Unterbrechungen abgesehen hielt ihre schlechte Laune schon an, seit sie in diesen dummen Tempel hinabgestiegen waren. Sie wusste selbst nicht genau, weshalb. Es hatte etwas mit diesem Ding zu tun, das ihr Vater entdeckt hatte; mehr noch eigentlich damit, dass er ihr nicht erzählte, um was es sich dabei handelte. Sie fand seine Geheimnistuerei schlichtweg unfair. Wie spektakulär konnte die Wahrheit schon sein? Wohl kaum spektakulärer als das, was Kyra und die anderen erlebt hatten, seit sie Träger der Sieben Siegel waren.

»Mir fällt 'ne Geschichte ein«, sagte Nils. Ihm fielen in solchen Momenten *immer* Geschichten ein, eine gruseliger als die andere.

Lisa ließ den Strahl ihrer Taschenlampe über die zerklüftete Felslandschaft wandern. »Ich weiß nicht, ob das jetzt so 'ne tolle Idee ist.«

»Du hast ja bloß Schiss«, konterte ihr Bruder.

»Hab ich nicht!«

»Dann hör zu.«

Und während Chris und Kyra über das übliche Geschwistergezänk noch einen genervten Blick tauschten, legte Nils los:

»Das Ganze ist der Schwester einer Frau passiert, die mal bei uns im Hotel gewohnt hat.« Die Eltern von Nils und Lisa führten das alte Hotel Erkerhof, außerhalb von Giebelstein. »Die Frau war selbst etwas ... na ja, *merkwürdig.* Sie aß jeden Morgen vier Eier, ungekocht, nur leicht angewärmt. Und nachmittags lief sie durch die Korridore und gackerte wie ein Huhn.«

Lisa hob argwöhnisch eine Augenbraue. »Merkwürdig daran ist vor allem, dass *ich* mich nicht an diese Frau erinnern kann.«

Kyra kicherte und Chris räusperte sich verlegen. Alle wussten, dass Nils seine Geschichten erfand – meist aus dem Stegreif –, auch wenn er jedes Mal

Stein und Bein schwor, dass sie sich genau so zugetragen hatten. Und immer behauptete er, sie seien einem Freund eines Freundes oder Verwandten eines Verwandten zugestoßen.

»Also …«, fuhr Nils fort, ohne auf Lisas Einwurf einzugehen. »Die Schwester dieser Frau war noch ziemlich jung, als das alles passiert ist, fünfzehn oder sechzehn. Das muss in den Fünfziger- oder Sechzigerjahren gewesen sein, als die Frauen noch diese *Riesenfrisuren* trugen, sooo hoch …« Nils machte mit beiden Händen eine weit ausholende Geste über seinem Kopf. »Ihr wisst doch, damals hat man sich die Haare auftoupiert wie Türme, zwanzig, dreißig Zentimeter hoch. Das Mädchen, um das es in der Geschichte geht, hatte eine Frisur, die noch höher war als alle anderen. An ihrer Schule war sie so was wie 'ne Schönheitskönigin.«

»Wie Kyra«, warf Chris leise ein und sah ziemlich erschrocken aus, als ihm klar wurde, dass alle anderen es gehört hatten. Kyra wurde puterrot, während Lisas Stirn sich in Falten legte. Sie hasste es, wenn Chris Kyra Komplimente machte. Hatte der blöde Kerl denn nicht auch mal eines für sie, für Lisa, übrig?

Nils nutzte Chris' Bemerkung gleich für seine Geschichte: »Ihr Haar war genauso rot wie das von Kyra, eben nur viel länger, sodass sie es zu einem Turm von gut vierzig Zentimeter Höhe hochfriemeln konnte. Jeden Morgen ging eine ganze Dose Haarspray drauf, nur um dem Ding auf ihrem Kopf einigermaßen Halt zu geben.«

»Ganz schön bekloppt«, kommentierte Lisa finster, deren Haar strohblond und kurz war.

Nils nickte. »Nachts, im Bett, schlief sie meist im Sitzen und stülpte sich dabei einen großen Karton über den Kopf, damit die Frisur nicht zerknittert wurde. Und beim Duschen setzte sie die größte Duschhaube auf, die ihr euch vorstellen könnt.«

»Abgesehen von dieser bescheuerten Frisur – was ist an der Geschichte denn nun so gruselig?«, unterbrach Lisa ihn erneut.

»Eines Tages machte das Mädchen einen Spaziergang im Park«, erzählte Nils weiter, nachdem er Lisa einen strafenden Blick zugeworfen hatte.

Diesmal fiel Chris ihm mit einem Augenzwinkern ins Wort: »Natürlich um Mitternacht, bei Vollmond, und aus dem Gebüsch kam diese riesige Bestie …«

»Blödsinn«, wies Nils ihn zurecht. »Gar nix dergleichen. Es war ein Sommertag, die Sonne schien, und überall wimmelte es von Picknickern. Alles war ganz normal und ungefährlich. Das Mädchen ging also stolz mit dieser Monsterfrisur spazieren, und dabei musste es sich ständig bücken, weil die Zweige der Bäume so tief hingen. Einmal aber gab es nicht Acht und streifte mit der Spitze seines Haarturms einen Ast – und ein Spinnennetz, das daran hing.«

Kyra verzog das Gesicht. Nils wusste genau, wie sehr sie Spinnen verabscheute.

»Das Mädchen ging weiter, ohne etwas zu bemerken«, sagte Nils. »Es spürte nicht, wie die Spinne über seine Frisur kletterte und schließlich einen Einstieg ins Innere des Haarturms fand. Es ahnte auch nichts von dem fetten weißen Kokon, den die Spinne mit sich herumtrug.«

»Bäähh«, kommentierte Kyra laut. Chris legte ihr eine Hand auf die Schulter und imitierte mit seinen Fingern das Tasten dicker Spinnenbeine. Kyra schubste ihn angewidert von sich. Darüber musste sogar Lisa lächeln.

»Einige Wochen vergingen«, fuhr Nils fort. »Das Mädchen sprühte die Frisur weiterhin jeden Morgen mit Lack und Haarspray ein. Nachts trug es den Karton überm Kopf und beim Duschen die riesige Plastikhaube.« Er machte eine kurze Pause, um die Spannung auf den Gesichtern der anderen zu genießen. »Dann aber, eines Tages – sie saß gerade im Lateinunterricht –, lief plötzlich ein dünner Blutfaden unter ihrem Haar hervor, die Stirn hinunter und über ihren Nasenrücken. Ihr Blick wurde starr, ihre Lippen öffneten sich einen Spaltbreit und wurden steif. Dann fiel sie kopfüber auf ihr Pult und regte sich nicht mehr. Der Lehrer rief einen Krankenwagen und die Sanitäter brachten das Mädchen in eine Klinik.

Als die Ärzte begannen, das Haar des Mädchens zu rasieren, um nach der Ursache der Kopfblutung zu suchen, spürten sie plötzlich, wie etwas über ihre Hände krabbelte, über ihre Arme und Schultern, sogar über ihre Gesichter. Spinnen! Hunderte kleiner schwarzer Spinnen, die gesamte Brut, die aus dem Kokon geschlüpft war! Weil es den Tieren wegen der dicken Haarlackschicht nicht gelungen war, die

Frisur zu verlassen, hatten sie im Inneren nach Nahrung gesucht, waren immer tiefer hinuntergeklettert ... bis zu den Haarwurzeln. Und dort hatten sie begonnen, ob ihr's glaubt oder nicht, den Kopf des Mädchens zu fressen!«

Nach entsetztem Schweigen sagte schließlich Kyra: »Das ist das absolut Ekelhafteste, was ich in meinem ganzen Leben gehört hab.«

Auch Lisa wuschelte mit beiden Händen in ihrem blonden Haar herum. Es juckte sie am ganzen Körper. »Kyra hat recht. Das *war* total widerlich.«

»Aber die volle Wahrheit«, erklärte Nils mit geschwellter Brust. »Ich schwör's, beim Leben meines Lieblingshamsters.«

»Irgendwann wird das Vieh in seinem Käfig explodieren, und du wirst genau wissen, warum«, meinte Chris.

Lisa untersuchte ihre Unterarme, diesmal nicht nach den Sieben Siegeln, sondern nach kleinen Spinnen mit gefletschten Zähnen. Die winzigen Härchen auf ihrer Haut standen aufrecht wie nach einem elektrischen Schlag. »Eklig«, wiederholte sie leise.

Nils wollte noch etwas sagen, doch da zeigte Kyra plötzlich mit ausgestrecktem Arm nach vorne.

»Wir sind da«, sagte sie.

Tatsächlich hatten sie das Dorf fast erreicht. Der Weg schlängelte sich in Serpentinen um einige Felsbrocken, dann verschwand er im Labyrinth der weiß getünchten Häuser. Der Hang, in den die Gebäude hineingebaut worden waren, erhob sich steil über dem Rand der Klippe. Am Fuß des Dorfes, dort wo es an den Rand der Klippe grenzte, stand eine kleine, weiß verputzte Kirche. Ihre Außenmauer schien geradewegs in die Steilwand der Klippe überzugehen; der Abgrund, der jenseits davon gähnte, war mindestens hundert Meter tief. Weit, weit unten brach sich die Brandung an schroffen Felsnasen.

Castel hatte eindeutig die Wahrheit gesagt: Das Dorf war verlassen.

Es gab hier keine Menschen mehr, nicht einmal Ratten oder Mäuse liefen den Freunden über den Weg. Die engen, verschlungenen Gassen verliefen kreuz und quer den Hang hinauf, viele waren als Treppen angelegt. Die Türen der meisten Häuser standen offen, zahlreiche Fensterscheiben waren zerstört. Die leeren Öffnungen gähnten schwarz und bedrohlich inmitten der weißen Fassaden. Hinter vielen schien die Finsternis zu etwas Festem geronnen zu sein, nicht einmal die Strahlen der Taschenlampen vermochten die Schatten im Inneren der Häuser völlig zu durchdringen.

Soweit sie sehen konnten, waren die Gebäude leer. Die wenigen Möbelstücke, die die Bewohner zurückgelassen hatten, waren zerfallen und von Spinnweben überzogen. Der Anblick erinnerte Kyra erneut an Nils' Geschichte. Sie bekam eine Gänsehaut.

Sie stiegen einige Stufen hinauf und erreichten einen kleinen Platz, höchstens sechs Meter im Quadrat.

In seiner Mitte stand ein Widder mit mächtigen Hörnern und starrte sie bewegungslos an.

Alle vier schraken zusammen, als der Schein ihrer Taschenlampen auf das zottige Tier fiel. So wie es dastand, majestätisch und vollkommen reglos, hätte es der geheime Herrscher dieses Dorfes sein können, so als wäre dies ein Ort, an dem die Tiere die Macht ergriffen und alle Menschen vertrieben hatten.

Sekundenlang starrte der Widder sie mit glitzernden Augen an, dann drehte er sich gemächlich um und trabte davon, verschwand klappernd in der Dunkelheit einer Gassenmündung.

»Mir gefällt das alles nicht«, meinte Nils.

»Mir auch nicht«, pflichtete Lisa ihm bei. »Es ist so … so still.«

Tatsächlich, jetzt fiel es allen auf. In dem menschenleeren Ort herrschte vollkommene Stille. Nur wenn einer der vier sich bewegte, schien das Rascheln seiner Kleidung, das Tapsen seiner Schuhsohlen verzerrt von den Hauswänden widerzuhallen.

»Okay«, sagte Kyra, »gehen wir zurück.« Auch ihr war unwohl zumute.

»Warum?«, fragte Chris. »Lasst uns ein bisschen in den Häusern rumstöbern. Was soll denn schon passieren?«

»Stöber *du* doch in den Häusern rum«, gab Nils zurück. »Wir warten am Flugzeug auf dich.«

Lisa, die zwischen ihrem eigenen Wunsch, von hier zu verschwinden, und dem Drang, sich auf Chris' Seite zu schlagen, hin- und hergerissen war, lenkte ein: »Wir können ja noch die paar Schritte bis zum höchsten Punkt des Dorfes gehen und dann umkehren.«

Kyra nickte. »Wer weiß, vielleicht sehen wir von dort oben irgendwas Interessantes.«

Chris schenkte Lisa ein Lächeln. Ein warmer Schauder raste durch ihren Körper. Dafür lohnte es sich zu bleiben – und wenn sie dem Teufel persönlich gegenübertreten musste.

Obwohl Nils weiterhin murrte, setzten sie ihren Aufstieg durch die schmalen Gassen fort. Immer wieder riss das Licht ihrer Lampen unerwartete Strukturen aus der Dunkelheit, die ihnen einen gehörigen Schrecken einjagten: eine verkümmerte Pflanze, die in einem Topf neben einer Haustür stand; ein Fahrradgestell, das ohne Räder auf der Seite lag; eine verästelte Antenne, die irgendwann von einem der Dächer in die Gasse hinabgestürzt war.

Endlich kamen sie an die höchste Stelle des Dorfes, einen kleinen, halbrunden Platz, der an ein Gebäude grenzte, das größer war als die meisten anderen. Offenbar eine Art Rathaus.

Jemand erwartete sie.

»Seid gegrüßt«, sagte eine sanfte Stimme aus dem Dunkel.

Vier Lichtstrahlen zuckten augenblicklich in die Richtung, aus der die Worte erklungen waren. Vier Lichtstrahlen badeten eine schlanke Gestalt in weißem Schein.

»Ich wusste, dass ihr kommen würdet«, sagte der junge Mann. Er trug einen bodenlangen schwarzen Mantel, der in weiten Falten von den Schultern ab auseinanderfiel. Die Ärmel waren lang und wallend, nur die hellen Fingerspitzen schauten daraus hervor. Das Haar des Mannes fiel ihm weit über die Schultern und war ebenso schwarz wie sein Mantel, genauso schwarz wie die Nacht, die sie alle umgab.

Es war derselbe Mann, der sie vor dem Absturz bewahrt hatte. Der Mann, dem sie alle ihr Leben verdankten.

Und doch – in diesem Augenblick, an diesem gespenstischen Ort, flößte er ihnen einen gehörigen Schrecken ein.

Er schien sich seiner Wirkung durchaus bewusst zu sein. »Fürchtet mich nicht«, sagte er. Seine Stimme war immer noch leise und voller Sanftmut; sie passte nicht zu jemandem, der sich auf der Tragfläche eines dahinrasenden Flugzeugs tödliche Kämpfe mit seinesgleichen lieferte.

Kyra schluckte den Kloß in ihrem Hals herunter. »Wer bist du?«

»Mein Name ist Azachiel«, gab er zurück und trat gemächlich zwei Schritte auf sie zu. Etwa vier Meter lagen jetzt noch zwischen ihm und den Freunden.

»Das ist aber nicht griechisch, oder?«, sagte Chris misstrauisch.

»Es ist hebräisch ... oder, nein, nicht wirklich.« Azachiel lächelte, doch aus irgendeinem Grund wirkte es traurig. »Aber Hebräisch kommt der Sprache, aus der dieser Name stammt, wohl am nächsten.«

»Lebst du hier?«, wollte Kyra wissen.

»Nein. Nicht hier, nicht anderswo. Überall und nirgends.«

Die Freunde wechselten verstohlene Blicke. Lisa schaute auf ihren Unterarm, aber die Siegel blieben immer noch unsichtbar.

»Okay«, sagte Chris entschlossen, »wir wissen jetzt, wie du heißt. Wir wissen auch, dass du uns da oben geholfen hast. Aber wir –«

»Ihr wollt wissen, weshalb ich hier bin«, unterbrach ihn Azachiel. »Und was mir an euch liegt, nicht wahr?«

»Ja«, erwiderte Kyra.

Bevor der Fremde etwas sagen konnte, murmelte Lisa gedankenverloren: »Azachiel … Klingt wie irgendwas aus der Bibel.«

»Leider nicht.« Azachiel grinste. »Ich hab den ganzen Wälzer gleich *zweimal* durchgelesen, aber meinen Namen haben sie verschwiegen.« Er hob die Schultern. »Aber ich schätze, es gibt Schlimmeres.«

Sie verstanden noch immer kein Wort von dem, was er da redete. Weshalb, zum Teufel, hätte sein Name in der Bibel stehen sollen? Lisa spürte, dass ihre Knie weich wurden, als sie darüber nachdachte, was seine Worte bedeuten mochten.

»Ich bin ein Cherub«, sagte Azachiel. »Ein Engel des Herrn. Oder besser: Ich war einer, bis er mich aus seinen Reihen verstieß.«

Schweigen. Niemand sprach ein Wort.

Sie waren die Träger der Sieben Siegel. Sie wussten mehr über das Wesen des Übernatürlichen als die meisten anderen Menschen. Und sie glaubten daran, ob sie wollten oder nicht.

Aber ein *Engel?*

Kyra räusperte sich. »Du willst uns allen Ernstes erzählen, du bist einer der Gefallenen Engel?«

»Du kennst unsere Geschichte?«, fragte Azachiel, und wieder klang er niedergeschlagen, gefangen in endloser Trauer.

Kyra zuckte die Achseln und wiederholte alles, was sie irgendwann einmal im Religionsunterricht gehört hatte. »Es heißt, dass Gott zu Anbeginn der Zeit einige seiner Engel aus dem Himmel verstieß, weil sie gesündigt hatten. Sie fielen zur Erde und wurden zu Dämonen. Einer von ihnen, Satanael, scharte die anderen um sich und schwang sich auf zu ihrem Herrn. Auf diese Weise entstanden die Hölle und der Teufel.«

Azachiel strich sich eine schwarze Haarsträhne aus der Stirn, eine ziemlich eitle Geste für jemanden, der von sich behauptete, ein leibhaftiger Engel zu sein.

»Es war so und doch ganz anders«, erklärte er. »Wir Engel waren die ersten Geschöpfe, die der Herr erschuf. Wir alle waren ihm treu ergeben. Dann, eines Tages, sandte er zweihundert von uns auf die Erde herab, um in seinem Auftrag Gutes zu tun. Hier lernten wir die Wege der Menschen kennen, ihre Schönheit, ihre Tatkraft, ihre … Gefühle. Wir erfuhren Liebe und Glück und andere Dinge, die uns vorher fremd gewesen waren. Wir taten uns mit euren Frauen zusammen und kamen auf den Geschmack der Sünde. Darüber zürnte uns der Herr und verstieß uns von seiner Seite. Mehr noch, er sandte seinen Erzengel

Michael an der Spitze der himmlischen Heerscharen aus, um uns zu vernichten. Es kam zu einem Krieg, wie ihn die Welt weder vorher noch nachher gesehen hat. In Schlachten, die zu furchtbar waren, als dass ich sie euch beschreiben könnte, wurden wir schließlich bezwungen. Jene von uns, die am Leben blieben, wurden dazu verdammt, auf ewig auf der Erde zu wandeln, wie Menschen, und doch auf immer durch unsere Natur von euch getrennt. Satanael war unser Führer im Krieg gegen Michaels Scharen, und er blieb es auch, nachdem die letzte Schlacht geschlagen war – wenigstens für die meisten von uns. Satanael wurde zum Herrn der Hölle, dem Urvater alles Bösen, und viele von uns wurden zu seinen Dämonen. Ich und ein paar andere aber sagten uns von ihm los und wandelten fortan allein über die Welt, einsam und verloren, gejagt von den Heerscharen des Himmels ebenso wie von Satanaels höllischen Horden.«

Die vier Freunde brachten eine Weile lang kein Wort heraus. Falls er die Wahrheit sagte, falls Azachiel wirklich ein Gefallener Engel war, dann war er mächtiger als jedes andere Wesen, mit dem sie es bisher zu tun gehabt hatten. Mächtiger als der schreckliche Mann im Mond, mächtiger auch als der Storchendämon, der sie durch den Kerkerhof gejagt hatte.

Azachiel war ein Engel – einen Cherub hatte er sich genannt –, und er war vielleicht der Schlüssel zu allen Türen, die sich seit dem ersten Erscheinen der Sieben Siegel vor ihnen abgezeichnet hatten. Wenn es nur gelänge, ihn als Verbündeten zu gewinnen …

Lisa musterte Azachiels schmale, hellhäutige Züge. »Die beiden anderen, oben auf dem Flugzeug –«

»Waren Knechte Satanaels«, führte Azachiel den Satz zu Ende. »Ehemalige Engel. Niedere Soldaten, die keine Chance gegen mich hatten. Aber es gibt andere, mächtigere als sie. Uriel etwa, den einstigen Sühneengel. Oder Raguel, Uriels obersten Heerführer. Und sie werden herkommen, auf diese Insel.«

»Sie wollen dieses Ding aus Lachis, nicht wahr?«, sagte Chris.

Azachiel nickte. »Das Haupt von Lachis ist der Schädel eines meiner Brüder, gefallen in jenem Krieg, der unsere Vertreibung aus Gottes Reich besiegelte. Die ersten Menschen fanden ihn, als sie über die brennenden Schlachtfelder streunten. Sie waren auf der Suche nach etwas, das sie uns gleich machen würde. Diese Narren! Alles, was sie fanden, war dieser eine Schädel. Er wurde nach Lachis gebracht und dort Jahrtausende aufbewahrt, denn da war er sicher vor Satanaels Zugriff. Seine Kreaturen hätten die magischen Schwellen niemals überschreiten können. Aber jetzt ist das Haupt nicht länger in Lachis, sondern hier, auf dieser Insel. Satanael hat Uriel beauftragt, es zu ihm zu bringen, und Uriel hat Raguel und seine Kämpfer ausgesandt. Sie werden bald hier sein.«

»Was ist so besonders an diesem Schädel?«, wollte Kyra wissen und fügte schnell hinzu: »Von seiner Herkunft einmal abgesehen.«

»Der Schädel eines Engels hat Macht. Er kann zerstören, was gut war und nun böse ist.« Azachiel schien diese rätselhafte Kraft nicht näher beschreiben zu wollen und die Freunde fragten nicht weiter danach. Die Angst überwog ihre Neugier.

»Wir könnten ihnen den Schädel einfach geben«, schlug Nils vor.

»Und Satanael zu noch größerer Macht verhelfen?«, fuhr Azachiel ihn an. »Ist es wirklich das, was ihr wollt?«

»Er wird uns so oder so töten«, sagte Chris mit bleichem Gesicht.

»Raguel wird weit mehr tun als euch töten. Er wird euch vor Uriels Strafgericht führen, vor den Sühneengel selbst. Und die Sühne, die er euch auferlegen wird, wird viel furchtbarer sein als der Tod.«

»Warum hilfst du uns?«, fragte Kyra.

Azachiel lächelte plötzlich, ein vages, mysteriöses Lächeln, das ihnen kalte Schauder über die Rücken jagte. »Keine Gründe für euch. Keine Hoffnung für mich. Ich helfe. Das ist alles.«

Damit drehte er sich um und ging.

Augenblicke später löste sich sein Umriss in flatternde Nachtfalter auf, die um ihre Köpfe schwirrten und als wabernder Schwarm in den Nachthimmel stiegen.

Die Kirche über dem Abgrund

Sie wussten selbst nicht genau, was es war, das sie nach Azachiels Verschwinden zu der kleinen Kirche zog. Doch ob es aus freiem Willen geschah oder ob sie längst den Befehlen einer höheren Macht folgten, war gleichgültig geworden. Alles, was zählte, war das, was der Engel zu ihnen gesagt hatte.

Uriel hat Raguel und seine Kämpfer ausgesandt. Sie werden bald hier sein. Und weiter: *Die Sühne, die er euch auferlegt, wird viel furchtbarer sein als der Tod.*

Das genügte. Mehr mussten sie im Augenblick nicht wissen. Dies allein reichte aus, ihre Gedankengänge in ein einziges Chaos zu verwandeln. Selbst Kyra, die oft genug Gelassenheit im Angesicht der Gefahr bewiesen hatte, stand die Panik deutlich im Gesicht geschrieben.

Vor dem doppelflügeligen Portal der Kirche blieben sie stehen. Auf dem Weg hierher hatten sie zuerst geschwiegen, dann plötzlich alle durcheinandergeredet und waren schließlich wieder still geworden. Sie mussten nicht darüber streiten, ob das, was Azachiel gesagt hatte, der Wahrheit entsprach – *natürlich* war es wahr. Sie alle hatten bereits zu viel erlebt, um die Existenz eines Engels rundweg abzustreiten.

Unterschiedlicher Ansicht waren sie allerdings über ihr weiteres Vorgehen. Doch schon bald stellte sich heraus, dass ihnen ohnehin kaum Möglichkeiten blieben. Sie saßen auf dieser verfluchten Insel fest, und was immer sich dem Eiland näherte, war längst nicht mehr aufzuhalten. Falls die Schergen des Sühneengels auf dem Weg hierher waren, dann gab es vor ihnen kein Entkommen. So einfach war das. Und so unerfreulich.

»Was sollen wir in der Kirche?«, fragte Nils und schaute am Portal hoch.

Ein warmer Wind strich vom Meer über die Insel, wehte die Klippe herauf und wirbelte Kyras rotes Haar durcheinander. Sie hob nur hilflos die Schultern.

»Engel und Kirche – das hängt immerhin irgendwie zusammen«, meinte Lisa ratlos.

»Ja«, sagte Chris, »aber sollten wir uns nach allem, was dieser Kerl gesagt hat, nicht besser davon fernhalten? Ich meine, immerhin scheinen diese Engel nicht gerade unsere besten Freunde zu sein.«

»*Gefallene* Engel«, verbesserte ihn Kyra betont.

Lisa schaute sie aus großen Augen an. »Glaubst du, wir sind in der Kirche sicher vor denen?«

»Kann sein, kann auch nicht«, gab Kyra unentschlossen zurück.

»Du denkst, sie dürfen Kirchen nicht betreten, oder?«, sagte Chris.

»Wie Dracula«, setzte Nils mit einer Grimasse hinzu, die deutlich seine Zweifel verriet.

Kyra funkelte ihn giftig an. »Hat vielleicht irgendwer eine bessere Idee?«

Lisa zuckte die Achseln. »Wir können ja wenigstens mal reinschauen.«

Chris nickte und drückte die unterarmlange Metallklinke des Portals nach unten. Knirschend schwang der rechte Flügel nach innen. Ein muffiger Geruch nach Staub und alten Vogelfedern wehte ihnen entgegen.

»Einladend«, bemerkte Nils mürrisch, als sie über die Türschwelle traten.

Tatsächlich gab es hier nichts, was ihre Aufmerksamkeit wert war. Ein paar lange Holzbänke, ein ausgetrocknetes Weihwasserbecken und ein Altar, den man aller kirchlicher Insignien beraubt hatte – das war alles. Selbst Kerzenleuchter und andere Kleinigkeiten hatten die Inselbewohner mit aufs Festland genommen.

»Das könnte genauso gut 'ne Scheune sein«, meinte Lisa.

»Ist eine verlassene Kirche eigentlich überhaupt noch eine … hm, *richtige* Kirche?«, wollte Nils wissen.

»Du meinst, ob sie dadurch vielleicht entweiht wird?«, fragte Kyra.

»Genau.«

»Weiß der Teufel«, brummte Chris.

»Wenn sie nicht mehr geweiht ist«, begann Lisa, »dann –«

Chris führte den Satz zu Ende: »Dann können wir

uns genauso gut irgendwo anders verstecken. Oder es gleich sein lassen.«

»Na, toll!«, entfuhr es Nils.

Sie verließen die Kirche wieder und machten sich daran, sie zu umrunden. Doch an der Rückseite bestätigte sich, was sie schon von Weitem geahnt hatten: Die Rückwand der Kirche ging geradewegs in die Felswand über, deren messerscharfe Kante steil zum Meer abfiel.

Und noch etwas entdeckten sie.

Eine einzelne Felsnadel stach unten aus der schäumenden Brandung empor und ragte spitz wie der Hut eines Zauberers bis zur Oberkante der Klippe empor. Die Spitze selbst war leicht abgeflacht, sodass eine Plattform von anderthalb Metern Durchmesser entstanden war. Zwischen dem Klippenrand, an dem die Freunde jetzt standen, und der Felsspitze lagen vier Meter absolutes Nichts. Wahrscheinlich hatte kein Mensch diese Plattform je betreten – und warum auch: Es gab dort nichts als Vogelkot.

Aus der Tiefe stieg der Duft der See herauf, ein salziges Aroma, das in einem anderen Augenblick vielleicht ein Gefühl von Urlaub ausgelöst hätte. So aber jagte ihnen der Abgrund nur einen Schauder über den Rücken. Alle vier machten einen Schritt nach hinten, so als fürchteten sie, dass ihre Beine sie gegen ihren Willen in die Brandung stürzen könnten.

»Ah«, ertönte plötzlich hinter ihnen eine Stimme, »hier seid ihr also!«

Die vier wirbelten herum.

Vor ihnen stand der Professor.

»Ich hab euch überall im Dorf gesucht«, sagte er. »Aber das Einzige, was mir begegnet ist, war so ein Ungeheuer von einer Ziege.«

»Ein Widder«, verbesserte Lisa.

Kyras Vater schaute einen Moment lang ziemlich zerstreut drein, dann nickte er fahrig. »Ein Widder. Von mir aus.«

»Wir müssen dir was erzählen«, begann Kyra, aber der Professor unterbrach sie:

»Erst ich«, sagte er und klang dabei wie ein trotziges Kind. Die Freunde seufzten tonlos. »Das Funkgerät funktioniert noch immer nicht«, fuhr Professor Rabenson fort. »Doktor Castel hat eine Laune, als wäre er mit dem Flugzeug hier gestrandet. Ich hab es vorgezogen, ihn eine Weile allein zu lassen.«

»Wo ist das Ei?«, platzte Kyra heraus, die nicht länger ruhig bleiben konnte. Was interessierte sie das blöde Funkgerät, wenn jeden Augenblick eine Heerschar blutrünstiger Engel auf der Insel auftauchen konnte?

»Das Ei?«, wiederholte ihr Vater, erneut leicht verwirrt. Dann begriff er, was sie meinte. »Das Haupt«, korrigierte er.

»Egal. Wo hast du es hingetan?«

Der Professor musterte Kyra, wunderte sich dann über die ernsten Blicke, die ihm auch die anderen zuwarfen. »Es ist im Flugzeug, wo sonst? Immer noch im Gepäck unter meinem Sitz.« Als die Maschine abzustürzen drohte, hatte er den Rucksack an sich gepresst, als hinge ihrer aller Leben davon ab. Nur deshalb war das Haupt von Lachis nicht quer durch die ganze Kabine geschleudert worden und hatte irgendwem den Schädel eingeschlagen.

»Wir müssen es da rausholen«, sagte Kyra entschieden. Als ihr Vater widersprechen wollte, setzte sie lauter hinzu: »Und wir müssen es so weit wie möglich von den anderen Leuten wegbringen.«

»Und am besten auch von uns selbst«, ergänzte Nils übellaunig.

Der Professor starrte sie der Reihe nach an und sah die Entschlossenheit in ihren Augen. »Okay«, sagte er leise, »ihr erklärt mir jetzt bitte erst mal, was das alles soll. Einverstanden?«

»Auf dem Weg zum Flugzeug«, erwiderte Kyra und lief ungeduldig los. Die drei anderen folgten ihr, schließlich auch ihr Vater. Mit ein paar hastigen Schritten holte er auf.

»Also?«, sagte er.

Kyra holte tief Luft, dann erzählte sie ihm alles. Die anderen unterstützten sie nach Leibeskräften durch heftige Einwürfe und Gesten. Als sie schließlich alle Einzelheiten ihrer Begegnung mit Azachiel und jedes seiner Worte wiedergegeben hatten, war vor ihnen bereits der zerklüftete Felswall am Rande der Landebahn zu sehen.

Jenseits des schimmernden Flugzeuges, am südlichen Himmel über der Ägäis, zogen dunkle Gewitterwolken herauf. Für einen Moment fuhr ihnen allen der Schreck tief in die Glieder: Waren das vielleicht gar keine Wolken, sondern vielmehr die Armee der Gefallenen Engel? Aber ein ferner Donnerschlag und das grelle Flimmern eines Blitzes versicherten ihnen, dass es sich um ein ganz gewöhnliches Unwetter handelte.

In ihrer Lage war das keine erfreuliche Aussicht.

Nachdem Kyras Bericht beendet war, atmete der Professor einige Male tief durch. Ihm war anzusehen, wie sehr ihn die Schilderungen der Freunde bedrückten.

»Und wann, hat euer Freund gesagt, sollen diese ... Engel hier sein?«, fragte er mit heiserer Stimme.

»Bald«, sagte Lisa.

Kyra betrachtete ihren Vater finster von der Seite. »Besonders überrascht wirkst du ja nicht gerade. Fast so, als hättest du –«

»Das alles gewusst?«, unterbrach sie der Professor. »Lieber Gott, nein! Ich dachte, nach all den Jahrtausenden ... ich meine, nach so langer Zeit ... da wäre das Haupt von Lachis längst vergessen.«

»Offenbar nicht«, sagte Chris.

»Was sollen wir jetzt tun?«, fragte Nils. »Hat jemand einen vernünftigen Vorschlag?«

»Schätze, wir sollten versuchen, Raguel und seinen Kriegern das Haupt zurückzugeben«, sagte Chris.

»Azachiel hat gesagt, das würde nichts nützen«, erinnerte ihn Kyra.

»Trotzdem ist es besser, als einfach nur dazusitzen und abzuwarten.«

Zu ihrer aller Überraschung stimmte der Professor zu. Auf einmal schien er sich gar nicht schnell genug von seinem heiß geliebten Fund trennen zu können. »Chris hat recht. Wir sollten es wenigstens versuchen. Es ist schon manche Schlacht beendet worden, bevor der erste Schuss gefallen ist.«

»Tolle Weisheit«, brummte Nils. »Und wie sollen wir das machen? Ein weißes T-Shirt an einen Besenstiel binden und damit winken? Das wird die Kerle sicher mächtig beeindrucken.«

»Wir bringen das Haupt zur Kirche«, beschloss Kyra. »Das ist weit genug weg vom Flugzeug. Damit sind wenigstens die Japaner und der Pilot außer Gefahr.«

»Es sei denn«, gab Lisa zu bedenken, »die Engel bestrafen jeden, der irgendwie mit dem Ding zu tun hatte.«

»Wollen wir's nicht hoffen«, sagte der Professor.

Erneut ergriff Kyra das Wort, und ihr Tonfall machte den anderen klar, dass ihr Plan endgültig und unabänderlich war. »Wir legen das Haupt vor die Kirche und verschwinden wieder«, sagte sie. »Dann werden wir ja sehen, was passiert.«

Es kommt noch schlimmer

Professor Rabenson war es gerade unter viel Stöhnen und Schimpfen gelungen, die Leiter zu erklimmen und seinen Rucksack im Durcheinander der Kabine wieder zu finden, als am Ende der Piste eine Staubwolke aufstieg. Erschrocken blickten die vier Freunde auf. Lisa spürte, wie sich alle Muskeln in ihrem Körper verkrampften. Chris schob sich nervös die schwarzen Haarsträhnen aus der Stirn.

Doch schon Augenblicke später drang das Dröhnen eines Jeeps aus dem Inneren der Wolke an ihre Ohren. Doktor Castel raste mit Höchstgeschwindigkeit auf das Flugzeug und seine Passagiere zu.

Kyras Vater erschien mit dem Rucksack in der Luke des Flugzeugs, als der Franzose den Jeep neben den vier Freunden zum Stehen brachte.

»Schnell!«, rief er dem Professor zu, der jetzt eilig die Leiter herabkletterte. »Ich glaube, es funktioniert wieder!«

»Das Funkgerät?«, fragte Nils.

»Nein«, gab der Wetterforscher ungehalten zurück, »meine Kaffeemaschine ... *Natürlich* das Funkgerät!«

Nils schenkte ihm einen übellaunigen Blick, doch

den bemerkte Castel in seiner Aufregung gar nicht. Er sprang bereits vom Sitz und hastete auf den Professor zu, der gerade von der vorletzten Sprosse auf die Landebahn sprang.

»Kommen Sie! Kommen Sie!«, rief Castel. »Sie müssen mir helfen!«

Die Japaner und der Pilot schauten reichlich befremdet drein, als sie den Franzosen derart hektisch über die Landebahn hüpfen sahen. Sie hatten ihn bereits vorher kennengelernt, als er den Professor und die vier Freunde von seiner Wetterstation zurück zum Flugzeug gebracht hatte. Trotzdem verwirrte er sie noch immer. Mit einem solchen Kauz hatte hier niemand gerechnet.

Professor Rabenson war allzu deutlich anzusehen, wie sehr ihm die Aufmerksamkeit missfiel, die Castel auf ihn lenkte. Hastig legte er dem Franzosen einen Arm um die Schultern und führte ihn aus der Hörweite der Japaner. Mit der anderen Hand hielt er den schweren Rucksack umklammert.

»Was will er?«, flüsterte Lisa, während sie und die drei anderen den beiden Männern hinterherschauten.

Kyra runzelte die Stirn. »Von mir aus könnte der mit seinem doofen Funkgerät MTV empfangen – im Moment gibt's wirklich Wichtigeres.«

»Hoffentlich kann ihm das dein Vater auch klarmachen«, raunte Chris.

Nils beschattete die Augen mit der flachen Hand und blickte zum Himmel. »Das Gewitter dürfte gleich losgehen.« Tatsächlich war die finstere Wolkenfront während der vergangenen Minuten rasend schnell näher gekommen. Ein kühler Wind peitschte vereinzelte Regentropfen über die Landebahn.

Kyra hielt es nicht länger aus und lief ihrem Vater und Castel hinterher. Gerade als sie die beiden Männer erreichte, beendeten diese ihr erregtes Gespräch.

Während Castel zurück zum Jeep eilte und dort wartete, kam der Professor gemeinsam mit Kyra zu den anderen zurück.

»Das Funkgerät scheint wieder zu funktionieren«, erklärte er. »Nachdem ich die Drähte heute Morgen in Ordnung gebracht hatte, hat sich erst mal gar nichts getan. Aber Castel sagt, er hätte ein paarmal mit einer Thermoskanne auf das Gehäuse geschlagen, und jetzt gebe das Ding plötzlich Geräusche von sich. Der Empfang ist verstellt, und er schafft es mit seinen zittrigen Fingern nicht, ihn wieder einzustellen. Wenn ich mit ihm hinfahre, kann ich ihm vielleicht helfen. Wir könnten Hilfe rufen, und vielleicht ist ein Schiff hier, bevor die Engel –«

Kyra unterbrach ihn. Ihr Gesicht war plötzlich ganz rot vor Wut. »Du willst ja nur dein bescheuertes Steinei behalten!«, fuhr sie ihn vorwurfsvoll an.

Diesen Eindruck hatten auch die anderen: Der Professor glaubte, eine Möglichkeit gefunden zu haben, vor den Engeln davonlaufen zu können, ohne das Haupt von Lachis hergeben zu müssen.

»Aber, hört mal …«, stammelte der Professor, der

sich noch nie besonders gut gegen den geballten Zorn der vier Freunde hatte durchsetzen können. »Also, ich meine … na ja, unsere Chancen sind vielleicht gar nicht so schlecht …«

Kyra trat vor und riss ihm mit einer raschen Handbewegung den Rucksack aus der Hand. Unter weniger ernsten Umständen wäre das wohl ziemlich unverschämt gewesen, jetzt aber hatte sie Besseres zu tun, als sich über Benimmregeln gegenüber sturen Vätern Gedanken zu machen.

»Also wirklich!«, empörte sich der Professor und streckte die Hand aus, um das Haupt von Lachis zurückzufordern.

Kyra wich zwei Schritte zurück. »Du kannst ja mit Castel zurück zur Wetterstation fahren. Vielleicht schafft ihr es tatsächlich, Hilfe zu rufen. Wir jedenfalls bringen das Ding zur Kirche.«

»Ich weiß nicht –«, begann er erneut, aber da schoben sich schon Lisa, Chris und Nils zwischen ihn und Kyra. Ihre Mienen verrieten deutlich, was sie über diese Angelegenheit dachten.

Professor Rabenson seufzte. »Okay. Macht, was ihr für richtig haltet. Und gebt auf euch acht.«

Kyras Vater kannte das Geheimnis der vier, und er wusste, welchen Gefahren die Freunde durch die Sieben Siegel ausgesetzt waren. Deshalb war er auch sicher, dass sie recht gut auf sich selbst aufpassen konnten. Er selbst war zwar erwachsen, aber das machte in diesem Fall keinen Unterschied – im Umgang mit Dämonen, Hexen und uralten Prophezeiungen hatten ihm die Freunde einiges an Erfahrung voraus. Zudem konnte er sich noch allzu gut an Kyras Mutter erinnern, an ihren eigenen Kampf gegen die Mächte des Bösen, und er wusste, dass Kyra nicht nur äußerlich ihr Ebenbild war. Falls es so etwas wie Wiedergeburt wirklich gab, dann war Kyra fraglos die Inkarnation ihrer Mutter.

Der Professor schluckte einen Kloß im Hals herunter, drückte jeden der vier an sich und lief dann zu Castels Jeep hinüber. Auf halbem Weg schaute er noch einmal zurück, sah aus, als wollte er etwas sagen, drehte sich dann aber um und sprang in den Wagen. Sekunden später brauste das klapprige Gefährt davon.

Auch Kyra und die anderen machten sich auf den Weg. Abermals durchquerten die vier die öde Felslandschaft der Insel. Kyra fragte sich, ob dieses Eiland am Ende der Welt wohl einen Namen hatte, und wenn ja, was er bedeuten mochte. Es war etwas Mystisches, Geheimnisvolles um diesen Ort, so als wäre dies schon in uralter Zeit das Schlachtfeld der griechischen Götter gewesen.

Als die Klippe und das Dorf vor ihnen auftauchten, war der Regen noch stärker geworden. Alles Blau war vom Himmel verschwunden. Stattdessen machte sich dort oben eine düstere Wolkensuppe breit, die sich mal schwarz, mal violett färbte. Im Süden zuckten Blitze durch die Dunkelheit.

»Scheißwetter«, schimpfte Lisa nicht zum ersten Mal. Alle waren mittlerweile völlig durchnässt und froren erbärmlich. Aber in Anbetracht der Gefahr durch die Engel waren dies nur kleine Unannehmlichkeiten.

Die Sühne, die Uriel euch auferlegt, wird viel furchtbarer sein als der Tod.

Azachiels Worte geisterten durch ihre Gedanken und machten ihnen die Knie weich. Sie hatten sich mit einem Gefallenen Engel angelegt – mit Uriel, dem Sühneengel persönlich. Wie viel schlimmer konnte es da überhaupt noch kommen, selbst wenn sie dieses Abenteuer heil überstanden?

Als hätten ihre Überlegungen ihn herbeigerufen, stand Azachiel mit einem Mal vor ihnen. Es war, als hätte die regennasse Finsternis Gestalt angenommen. Azachiel war aus dem völligen Nichts auf einem rauen Felsbuckel erschienen.

Sein langes schwarzes Haar flatterte ungezähmt unter der Wucht der Sturmböen, sein dunkler, bodenlanger Mantel bauschte sich wie ein Paar monströser Rabenschwingen. In der rechten Hand hielt der Engel ein langes Schwert mit schmaler Klinge. Von dem Stahl tropfte eine glühende Flüssigkeit, die aussah wie verdünnte Lava. Auch er selbst war mit schimmernden Spritzern besudelt.

Azachiel bemerkte ihre erschrockenen Blicke und nickte bedächtig. »Es ist das Blut von Engeln«, sagte er mit Grabesstimme. »Ich habe die Waffe gegen meinesgleichen erhoben.«

Kyra schaute unwillkürlich zum Himmel empor und befürchtete, dort bereits ihre Gegner zu sehen.

Aber der Regen peitschte in ihre Augen und sie musste den Blick schnell wieder zu Boden wenden. Wenn dort oben etwas war, dann würde es ohne Vorwarnung über sie herfallen.

»Wo sind sie?«, rief Chris über das Tosen der Elemente Azachiel entgegen.

Der Engel sah ihn aus den Tiefen seiner dunklen Augen an. Er wirkte noch unheimlicher als bei ihrer ersten Begegnung.

»Raguel und seine Kämpfer sind unterwegs zur Insel. Sie werden bald hier sein. Noch heute.«

Ihnen allen drohte das Blut in den Adern zu gefrieren. Heute noch! Und nicht einmal einem Wesen wie Azachiel war es gelungen, sie in die Flucht zu schlagen.

»Ich habe zwei von ihnen vernichtet«, sagte Azachiel, und Trauer schwang mit in seiner Stimme. »Sie haben mir keine Wahl gelassen.«

»Wie viele sind es jetzt noch?«, wollte Nils wissen.

Azachiels Gesicht blieb starr; es wirkte merkwürdig grau und farblos. »Noch sieben. Und Raguel, der sie anführt.«

»Also acht«, murmelte Kyra. »Keine Chance, hm?« Bei den letzten Worten sah sie wieder den Gefallenen Engel an.

»Sie sind stark. Und gefährlich. Uriel hat einige seiner besten Krieger ausgesandt.« Azachiels Haarsträhnen peitschten sein Gesicht wie schwarze Schlangen. »Verwunderlich, wenn man bedenkt, dass sie es nur mit ein paar Kindern zu tun haben.«

»Und mit dir«, bemerkte Lisa und deutete schaudernd auf das Schwert voller Engelsblut.

»Und mit mir.« Azachiel nickte langsam. »Aber das wird sie nicht schrecken. Ich konnte zwei besiegen, aber *acht* … nein, das liegt nicht in meiner Macht. Zumal Raguel unter ihnen ist. Keiner außer Uriel ist ihm gleich an Kraft und Schläue.«

Nils schluckte. »Das heißt, dass –«

Azachiel ließ ihn nicht ausreden. »Es mag noch eine Möglichkeit geben.«

»Und die wäre?«, fragte Kyra, der mit einem Mal sonderbar zumute war. Nicht allein die Angst zerrte an ihren Nerven, nein, da war noch etwas anderes – ihr war fast, als wittere sie eine List.

Der Engel deutete mit der glitzernden Schwertspitze auf den Rucksack in Kyras Hand. »Gebt mir das Haupt von Lachis. Mit seiner Macht gelingt es mir vielleicht, Raguel und die anderen zurückzuschlagen.«

Kyra bewegte sich nicht. Nur ihre Finger krallten sich fester in den groben Stoff des Rucksacks. »Du willst das Haupt?«, fragte sie, so als hätte sie Azachiel nicht richtig verstanden.

In Wahrheit wollte sie nur Zeit gewinnen, um nachzudenken.

Azachiel zog das Schwert zurück. »In der Hand eines Sterblichen ist das Haupt nutzlos. Ein Engel aber vermag ihm Kräfte zu entlocken, die jenseits dessen sind, was ihr begreifen könnt.«

Chris machte entschlossen einen Schritt nach vorne. »Wir wollen das Haupt Raguel geben. Vielleicht lässt er uns dann in Ruhe.«

»Nein!«, schrie Azachiel, und einen Augenblick lang waren sie alle überzeugt, dass er sich mit seinem Schwert auf sie stürzen würde.

Lisa suchte vergeblich in den Zügen des Engels nach dem Lächeln, das er ihr oben auf der Tragfläche des Flugzeugs geschenkt hatte. Azachiel hatte sich verändert, daran bestand kein Zweifel.

Aber, dachte Lisa, wer konnte ihm das verübeln? Er hatte gerade zwei seiner Brüder getötet.

War das die Erklärung für den Grimm in seinen Augen, für den verbissenen Zug seiner Lippen?

Sie wusste es nicht. Ihnen blieb nichts weiter übrig, als sich hier und jetzt zu entscheiden: Wollten sie dem mysteriösen Fremden vertrauen oder nicht?

»Was wird geschehen, wenn wir dir das Haupt geben?«, fragte Kyra und versuchte, kühn zu klingen, so als würde sie den Fund ihres Vaters nicht kampflos aufgeben.

»Ich weiß es nicht. Nicht genau.« Azachiel schaute ungehindert durch den strömenden Regen zum Himmel empor, schien aber noch keinen seiner Gegner zu entdecken. »Das Haupt von Lachis ist selbst unter uns Engeln eine Legende. Aber vielleicht – nur *vielleicht* – kann ich Raguel damit bezwingen.«

Kyra schaute Chris an, doch der wirkte ebenso unentschlossen wie sie selbst. Auch Nils trat nervös von einem Fuß auf den anderen. Und so war es Lisa, die die Entscheidung herbeiführte.

»Gebt es ihm«, sagte sie.

Die Blicke der drei anderen trafen sie, teils ungläubig, teils dankbar darüber, dass jemand das unsichere Schweigen beendete.

Chris atmete tief durch, dann nickte er. Es war Lisa nicht entgangen, dass er sich in letzter Zeit häufiger auf ihre Seite schlug, aus Respekt vor ihren Überzeugungen. Das erfüllte sie mit Stolz und einem warmen Kribbeln, selbst hier, in einer verzweifelten Lage wie dieser.

Nils blieb unentschlossen, aber Kyra sagte: »Haben wir überhaupt eine Wahl?«

Azachiel legte den Kopf schräg. »Ich würde euch das Haupt niemals mit Gewalt nehmen. Das könnte ich gar nicht.«

Kyra verstand nicht, was er mit seinen letzten Worten meinte, aber sie nickte. Mit beiden Händen streckte sie den Rucksack aus. »Hier, nimm!«

Zu ihrer Überraschung schüttelte Azachiel den Kopf. »So geht das nicht«, sagte er.

»Wir sollen wohl auch noch ›bitte‹ sagen«, murrte Nils.

Azachiel strafte ihn mit Missachtung. »Ihr kennt unsere Gesetze nicht. Ich bin ein Verstoßener. Auf eurer Ebene des Daseins besitze ich keine Konsistenz.«

Als er sah, dass die vier ihn nicht verstanden, winkte er Lisa zu sich heran. »Komm her«, bat er.

»Geh nicht«, zischte Nils besorgt seiner Schwester zu.

Aber Lisa machte tapfer einige Schritte nach vorne, bis sie direkt vor dem Engel stand. Er war viel größer als sie, und sein Mantel flatterte noch immer wie der Flügelschlag eines Drachen. Einen Moment lang überkam sie panische Angst: Was, wenn er sie jetzt packte und einfach mit ihr davonflog?

Doch Azachiel tat nichts dergleichen. Stattdessen sagte er: »Streck die Hand aus und berühre mich!«

»Tu's nicht!«, rief Nils noch einmal hinter Lisas Rücken, aber sie hörte nicht auf ihn.

Langsam schob sie die Hand vor, geradewegs in die Schwärze seines Brustkorbs.

Ihre Finger trafen auf keinen Widerstand.

Es war, als wäre vor ihr nichts als leere Luft.

Erschrocken zuckte sie zurück, stolperte zwei Schritte nach hinten.

Azachiel lächelte sanft. »Ihr könnt mich nicht berühren, und ich euch nicht. Das ist das Los von uns Ausgestoßenen. Wir existieren nicht ganz in dieser, aber auch in keiner anderen Welt.«

»Du meinst«, sagte Kyra, »wenn ich dir das Haupt jetzt in die Hände lege –«

»Würde es geradewegs durch sie hindurchfallen«, führte der Engel den Satz für sie zu Ende. »Und wahrscheinlich am Boden zerschmettern.«

»Wie sollen wir dir das Ding dann geben?«, fragte Chris ratlos.

»Es gibt eine Möglichkeit«, sagte Azachiel. »Der Herr hat uns eine Gnade gewährt. Es gibt einen Ort, an dem wir körperlich in Kontakt mit euch Menschen treten können.«

»Und dieser Ort ist zufällig hier auf der Insel?«, fragte Nils lakonisch.

»Im Schatten einer Kirche«, sagte Azachiel. »Nur im Schatten einer Kirche kann ich das Haupt von Lachis entgegennehmen. Und es *gibt* eine Kirche hier auf der Insel.«

»Wir waren gerade unterwegs dorthin«, sagte Kyra.

»Das ist gut«, erwiderte der Engel zufrieden. »Dort könnt ihr mir das Haupt übergeben.« Er verstummte für einen Moment, dann setzte er hinzu: »Und vielleicht kann ich euch dann vor Uriels Schergen retten.«

Lisa versuchte erneut, in seinem Gesicht zu lesen, aber da hatte sich Azachiel schon umgedreht und ging voraus, geradewegs auf das Klippendorf zu. Jenseits der Regenschwaden war die verlassene Ortschaft kaum mehr als ein finsterer Umriss, ein monströser, formloser Buckel aus uraltem Stein.

Menschenleer, vergessen.

Als Professor Rabenson mit Castel an der Wetterstation eintraf, war bereits abzusehen, dass das Unwetter jeden Augenblick mit aller Macht über die Insel hereinbrechen würde.

Tropfend und frierend drängten sie ins Innere. Castel drückte auf einen Knopf und irgendwo sprang surrend eine Heizung an.

Der Franzose deutete auf das Funkgerät, an dem eine einzelne Lampe glühte. Aus dem Lautsprecher klang leises Rauschen, das ebenso gut vom Regen auf dem Dach der Wetterstation hätte herrühren können.

Castel beugte sich als Erstes über seine Wetterinstrumente, Schaltpulte und Computermonitore. Es war erstaunlich, dass er mit seinen zitternden Fingern noch die Kontrolle über die komplizierten Gerätschaften behielt.

»Was ist das?«, fragte der Professor, als er einen Blick über die Schulter des Franzosen warf.

Auf einem Bildschirm war ein Umriss zu erkennen, eine Computergrafik der Insel. Das Bild flimmerte leicht, wahrscheinlich aufgrund des Gewitters. Dennoch war deutlich zu erkennen, dass sich von Süden her etwas näherte. Noch befand es sich weit über dem Meer, nahezu im Zentrum des tobenden Unwetters.

Castel beugte sich tiefer über den Monitor. »So was hab ich hier noch nie gesehen.«

Es waren acht winzige Punkte, kleine glühende Pixel auf dem Bildschirm, angeordnet in Form einer Pfeilspitze. Es sah aus wie ein Konvoi von Düsenjägern, die in starrer Kampfformation auf die Insel zurasten. Nur dass sie langsamer waren. Und kleiner.

Dem Professor wurde heiß und kalt zugleich. »Könnten das Schiffe sein? Oder Flugzeuge?«

»Bei *dem* Wetter?« Castel lachte meckernd. »Sie belieben zu scherzen, werter Professor.«

»Was dann?«

Castel schwieg. Er wusste darauf keine Antwort.

Professor Rabenson ballte beide Fäuste, bis die Knöchel weiß hervortraten.

Es darf nicht sein, dachte er verzweifelt. Nicht jetzt!

Verdammt noch mal, es darf einfach nicht sein!

Raguel lächelt

Als sie die Kirche erreichten, war der Himmel fast schwarz. Der Regen prasselte ohne Unterlass und der Wind riss ihnen die Worte von den Lippen. Wenn sie miteinander sprechen wollten, mussten sie brüllen, um sich verständlich zu machen.

Zu ihrem Erschrecken stellte sie das dämmrige Halblicht des Unwetters vor ein unerwartetes Problem: Die Kirche warf keinen Schatten.

»Das darf doch nicht wahr sein!«, entfuhr es Kyra. Mit weit aufgerissenen Augen blickte sie auf die kleine weiße Kirche, von deren Dachkante das Regenwasser herabrauschte wie von einem Wasserfall.

Auch die anderen wurden stocksteif vor Schreck.

»Kein Schatten«, rief Chris, obgleich alle das längst selbst erkannt hatten. Das Licht reichte einfach nicht.

»Wartet!«, schrie plötzlich Azachiel, und noch im selben Moment lösten sich seine Füße vom Boden.

Der Engel schwebte geradewegs in die Höhe, ganz ohne Flügel oder sonstige Hilfsmittel. Er streckte nicht mal die Arme aus oder ruderte mit den Füßen wie ein Taucher beim Aufstieg aus der Tiefe. Nein, Azachiel *flog* einfach. Es sah so simpel aus, als könnte es jedermann ohne Mühe genauso machen.

Die vier Freunde schauten ihm mit aufgerissenen Mündern hinterher. Sie sahen, wie er zwischen den Regenvorhängen himmelwärts stieg, schließlich diffus wurde und dann ganz verschwand.

»Und jetzt?«, fragte Nils.

»Hast du doch gehört«, rief Lisa zurück. »Wir sollen warten, hat er gesagt.«

»Der hat leicht reden«, schimpfte ihr Bruder. »Der kann einfach abheben, wenn dieser Raguel hier auftaucht. Von da oben hat er bestimmt 'nen tollen Ausblick auf das, was der mit uns anstellt.«

Kyra riss den Arm hoch und deutete nach oben.

»Guckt euch das an!«, stieß sie aus und hielt dabei vor Staunen den Atem an.

Weit, weit über ihnen war ein winziges Loch in der dunklen Wolkendecke entstanden. Im ersten Moment sah es aus wie ein Stern, ein golden leuchtender Punkt. Doch dann wurde ihnen schlagartig klar, dass es eine Öffnung war, durch die Sonnenlicht fiel.

Und dabei blieb es nicht. Das Loch wurde größer, ein kreisrunder Wirbel, der die Wolken an dieser Stelle aufbrach und auseinandertrieb.

Inmitten dieser Öffnung schwebte ein winziger, dunkler Punkt.

Hätte einer der vier ein Fernglas dabeigehabt, so hätte er vielleicht erkennen können, was dort oben vor sich ging: Azachiel schwebte aufrecht inmitten der geballten Gewitterwolken, hatte den Arm mit dem Schwert ausgestreckt und rotierte wie ein Kreisel um sich selbst – so schnell, dass seine menschliche Form kaum mehr auszumachen war. Der rasende Wirbel trieb die Wolken auseinander wie ein Ventilator den Zigarettenqualm in einem Zimmer voller Raucher.

Die vier am Boden konnten nur raten, was Azachiel tat, und alle lagen ziemlich gut mit ihren Schätzungen. Fest stand, dass er es fertigbrachte, für die Sonnenstrahlen einen Korridor durch die Wolkendecke zu schaffen, breit genug, dass ihr Licht auf die Kirche fiel – und so einen Schatten schuf.

Einige Minuten vergingen, ehe Azachiel wieder herabschwebte und zwischen den Freunden auf dem Felsboden landete. Das runde Loch über ihnen am Himmel mochte hundert oder tausend Meter breit sein, von hier unten ließ sich das kaum abschätzen. Aber die Größe war auch gleichgültig. Wichtig war nur, dass die Kirche endlich einen Schatten warf. Jetzt stand der Übergabe des Haupts von Lachis nichts mehr im Wege.

Dachten sie zumindest. Doch die Wahrheit sah anders aus.

»Mist!«, fluchte Nils hilflos, als er zur Kirche blickte. Auch die anderen zischten Schimpfworte in den hungrigen Sog der Windböen.

Der Schatten der Kirche fiel geradewegs über den Rand der Klippe hinweg. Nicht einmal der schmälste, winzigste Streifen lag auf dem begehbaren Felsboden. Stattdessen erstreckte sich jeder Quadratzentimeter des kostbaren Schattens über den Abgrund hinweg und traf haarscharf auf das kleine Plateau der Felsnadel.

Wie aber sollten die vier dorthin gelangen?

Kyra sah Azachiel an. »Du kannst nicht zufällig die Sonnenstrahlen irgendwie … hm, umlenken?«

Die Augen des Engels waren finster wie zwei tiefe Brunnenschächte. »Nein. Es ist nicht schwer, ein paar Wolken zu vertreiben, aber die Sonne ist etwas ganz anderes. Einst war sie eine Göttin und sie hat noch heute ihren eigenen Willen.«

Die Freunde verstanden nicht recht, wie er das meinte und was das eine so viel schwieriger machte als das andere. Aber ihnen blieb keine Wahl, als seine Worte zu akzeptieren. Der Engel würde wissen, was in seiner Macht stand und was nicht.

»Azachiel könnte einen von uns dort rüberfliegen«, schlug Nils vor.

»Hast du nicht zugehört?«, erwiderte der Engel gereizt. »Du würdest einfach durch meine Arme hindurchfallen und unten auf den Klippen aufschlagen.« Er machte eine kurze Pause, dann sagte er: »Einer von euch muss dort hinüber, das ist der einzige Weg.«

Die vier schauten sich ratlos an. Azachiel stellte sich das alles für ihren Geschmack ein wenig einfach vor. Wie, bitte schön, sollten sie das Plateau erreichen? Vielleicht springen? Ihr eigener Schwung würde sie über die Felsnadel hinaustragen und auf der anderen Seite in die Tiefe stürzen.

»Ich hab 'ne Idee!«, meinte plötzlich Chris, löste sich aus der Gruppe und lief zum Portal. »Nils, komm mit!«

Nils folgte ihm mürrisch ins Innere der Kirche. Drinnen zeigte Chris auf die alten Bänke, die ihnen schon bei ihrem ersten Besuch aufgefallen waren.

»Wenn wir eine davon auseinandernehmen, dürfte das Sitzbrett lang genug sein«, sagte Chris. Über ihnen im Gebälk jammerte und heulte der Sturm wie eine Horde verzweifelter Gespenster.

»Lang genug *wofür?*«, fragte Nils, der natürlich genau wusste, was Chris durch den Kopf ging. Er wollte es nur nicht wahrhaben.

»Wir können das Brett vom Rand der Klippe bis zu der Plattform oben auf der Felsnadel schieben«, erklärte Chris hastig. »Einer von uns kann dann rüberklettern.«

»Bei *dem* Sturm?«, rief Nils. »Das ist Wahnsinn!«

Chris nickte. »Wir müssen es trotzdem versuchen.«

Hinter ihnen erschien Azachiel im Portal der Kirche. »Und ihr müsst es schnell tun«, sagte er. »Das Sonnenloch in den Wolken wird nicht lange offen bleiben. Außerdem haben wir nicht mehr viel Zeit, bis Raguel und die anderen hier auftauchen.«

Chris zerrte eine der Bänke hervor. Nach kurzem Zögern trat Nils neben ihn und half ihm beim Zerlegen der Bank. Das Holz schien trotz seines Alters stabil zu sein, lediglich die Nägel waren aufgrund der feuchten Seewitterung verrostet und porös. Den beiden Jungen konnte das nur recht sein.

Bald schon trugen sie das Sitzbrett der Bank ins Freie. Es maß ungefähr fünf Meter, war also lang genug, um Klippe und Plattform miteinander zu verbinden.

Unter den besorgten Blicken der beiden Mädchen brachten sie es an den Felsrand, unmittelbar neben der Kirche.

Als sie aufschauten, stand Azachiel bereits auf dem Plateau der Felsnadel jenseits des Abgrunds. Der Sturm riss an seinem Mantel, bis sein Gesicht nur noch ein heller Fleck inmitten eines schwarzen Wirbels aus Stoff und Haarsträhnen war. Neben ihm war auf der winzigen Plattform gerade noch Platz genug für eine weitere Person.

Lisa fand, dass Orte wie dieser wie geschaffen waren für Wesen wie Azachiel – etwas Majestätisches und zugleich Angst Einflößendes ging von ihm aus, das hier noch stärker zur Geltung kam als anderswo. Kein gewöhnlicher Mensch konnte so mühelos dort stehen, wo er stand; er wirkte jetzt noch beeindruckender als vorhin am Himmel.

Kyra hatte den Rucksack mit dem Haupt von Lachis am Boden abgelegt. Jetzt ging sie in die Hocke, um Nils und Chris zu helfen. Zu dritt schoben sie das Brett über den Klippenrand, bis es das Plateau der Felsnadel erreichte. Azachiel nahm es im Schatten der Kirche, der nun genau auf ihn fiel, entgegen. Er zog es auf die Plattform, bis es genug Halt hatte.

»Okay«, meinte Chris, als er sich aufrichtete. »Es war meine Idee, dann werd ich sie wohl auch ausbaden müssen.«

Kyra schüttelte den Kopf. »Ich gehe.«

»Kommt nicht infrage«, erwiderte Chris. Er musste gegen den Wind anschreien.

Lisa blickte derweil zu Azachiel hinüber. Sie spürte den Blick des Engels auf sich, und wieder sah sie, dass er sie anlächelte. Genau wie oben auf der Tragfläche des Flugzeugs. Er hatte ihnen allen das Leben gerettet, und er würde es vielleicht wieder tun, wenn ihm genug Zeit dazu blieb – vorausgesetzt, Kyra und Chris konnten sich entschließen, endlich ihren kindischen Streit zu beenden. Es war immer das Gleiche mit ihnen; stets zankten sie sich um die gefährlichsten, die wagemutigsten Aufgaben.

Lisa atmete tief durch und fasste einen Entschluss.

Blitzschnell bückte sie sich, packte den Rucksack und trat mit dem nächsten Schritt hinaus auf die Planke über dem Abgrund.

Ein Aufschrei ertönte hinter ihrem Rücken, als erst Nils, dann auch die beiden anderen bemerkten, was sie tat. Aber Lisa hatte nur Augen für den schmalen Holzsteg, der sich zwischen ihr und der mörderischen Tiefe befand. Sie gab sich Mühe, nicht nach unten zu schauen, aber so ganz konnte sie es nicht verhindern.

Dort im Abgrund, viele Meter unter ihr, brach sich die schäumende Brandung am Fuß der Felsen. Rasiermesserscharfe Steinzacken reckten sich ihr entgegen, als warteten sie nur darauf, dass Lisa stürzte und sich an ihnen aufspießte.

»Lisa, sei ja vorsichtig!«, rief Chris hinter ihr, und

auch Nils und Kyra brüllten irgendetwas. Aber die Worte der beiden gingen im Toben des Windes unter, und für Lisa zählte im Augenblick ohnehin nur die Sorge in Chris' Stimme. Er hatte Angst um sie; also empfand er etwas für sie. Das war toll und es machte ihr Mut.

Azachiel streckte eine Hand nach ihr aus, aber noch war sie viel zu weit von ihm entfernt. Sie hatte gerade einmal einen einzigen Schritt über die Planke gemacht. Mindestens fünf oder sechs weitere lagen noch vor ihr. Und selbst wenn sie lebend dort drüben ankam, war da immer noch der Rückweg.

Es sah alles ziemlich düster für sie aus. Zumal der Regen jetzt noch stärker wurde und fast waagerecht gegen die Felswand unter ihr peitschte. Auch die Blitze fielen Lisa mit einem Mal wieder ein – war es möglich, dass sie von einem getroffen wurde, während sie über den Abgrund balancierte?

Etwa das letzte Drittel der Planke lag im Schatten der Kirche. Der vordere Teil aber wurde von den grellen Sonnenstrahlen beschienen, die wie ein Bündel glühender Dolche durch die offene Wolkendecke fielen. Noch ein paar Schritte, dann befand sie sich im Schatten und konnte Azachiel den Rucksack vielleicht zuwerfen. Wenn sie dann abstürzte, würde er zumindest die anderen retten.

Plötzlich hatte sie Tränen in den Augen. Auf was hatten sie sich da nur wieder eingelassen?

»Lisa, pass auf dein Gleichgewicht auf!«, brüllte Chris ihr zu.

Als wäre sie darauf nicht selbst gekommen!

Der Rucksack mit dem Engelshaupt war schwer und drohte sie aus der Balance zu bringen. Aber am schlimmsten war der Wind. Die Böen rissen an ihr wie mit unsichtbaren Händen, Geisterklauen, die sich um ihre dünnen Beine und Arme klammerten und sie mal nach links, mal nach rechts zerrten.

Azachiel sagte nichts. Er stand einfach nur da wie auf einem Thron aus grauem Gestein und streckte ihr weiterhin die linke Hand entgegen. In der Rechten hielt er unverändert das Schwert, als rechne er jederzeit mit einem Angriff.

Plötzlich schrie Nils hinter ihrem Rücken:

»Da kommen sie!«

Vor Schreck geriet Lisa einen Moment lang aus dem Gleichgewicht. Sie taumelte, spürte das Gewicht des Rucksacks, als hätte es sich auf einen Schlag verzehnfacht, und schwankte instinktiv zur anderen Seite, um den Sog auszugleichen. Unter ihren Füßen ächzte das Brett. Zwei, drei Sekunden lang war sie überzeugt, dass es brechen würde. Erst das Brett und dann ihre Wirbelsäule, wenn sie unten auf den Klippen aufschlug.

Aber sie stürzte nicht. Irgendwie gelang es ihr, sich wieder zu fangen, und dann blieb sie erst einmal mehrere Atemzüge lang stehen und versuchte, innerlich einigermaßen zur Ruhe zu kommen. Das Brett schien sich unter ihren Füßen zu winden wie eine wild gewordene Anaconda, aber als Lisa hinsah, war es einfach nur eine harte, starre Planke.

Endlich brachte sie den Mut auf, ihren Blick für einen kurzen Moment zum Himmel zu wenden.

Und dort sah sie es.

Acht schwarze Punkte, die in einer spitzen Formation auf die Insel zuschwebten, ungehindert vom Sturm und den tobenden Elementen. Acht finstere Gestalten, die einmal die schönsten und herrlichsten Geschöpfe des ganzen Universums gewesen waren, und die jetzt nur noch Böses und Schändliches im Sinn hatten. Acht Gefallene Engel, die mit ihrem Meister Satanael zur dunklen Seite übergetreten waren, allmächtige Krieger der Hölle.

Auch Azachiel hatte sie längst entdeckt, doch sein Blick blieb auf Lisa gerichtet.

»Komm her.« Seine Stimme schnitt durch das Tosen der Winde wie eine Messerklinge. »Du musst dich beeilen. Sie werden bald hier sein.«

Lisa wollte nicken, aber sie hatte Angst, dass schon die kleinste unkontrollierte Bewegung sie erneut aus dem Gleichgewicht bringen könnte. Stattdessen setzte sie unendlich vorsichtig einen Fuß vor den anderen. Sie hatte jetzt genau die Mitte der Planke erreicht.

Ein neues Geräusch wurde hinter ihrem Rücken laut. Diesmal keine Rufe, auch kein alarmiertes Gebrüll. Nein, es war das Blöken einer uralten Autohupe. Castels Jeep!

Aber nicht der Franzose saß am Steuer, sondern Professor Rabenson. Doktor Castel war nirgends zu sehen.

»Oh, mein Gott … Oh, liebe Güte … Oh, verflixt noch mal …«

Lisa hörte sein aufgeregtes Gestammel im Tosen des Sturmes, konnte sich aber nicht darum kümmern.

Sie machte noch einen zaghaften Schritt nach vorne.

Der Hauch eines süßlichen Geruchs drang an ihre Nase, ähnlich wie Vanille. Sie wusste nicht, ob sie ihn sich nur einbildete oder ob Azachiel den Duft verströmte. Doch je näher sie dem Engel nun kam, desto gelöster wurde sie, ja, desto leichter fiel es ihr, den tödlichen Abgrund unter ihren Füßen zu vergessen.

Kyras Vater rief Lisa von hinten etwas zu, aber die anderen fielen ihm gleich ins Wort. Irgendwer, wahrscheinlich seine Tochter, erklärte ihm, weshalb Lisa auf der gefährlichen Planke balancierte. Und als der Professor schließlich verstummte, war das ein untrügliches Zeichen dafür, dass auch er Raguels Trupp am Himmel entdeckt hatte.

Derweil verabschiedete sich Lisa von der Idee, den Rucksack zu Azachiel hinüberzuwerfen – dafür hätte sie Schwung holen müssen, und eine solche Bewegung erschien ihr eindeutig zu gefährlich.

Noch ein Schritt, und sie würde nah genug sein, um ihm das Haupt mit ausgestrecktem Arm hinüberzureichen.

Doch auch diese Idee war wenig erfolgversprechend. Die Gefahr, dabei die Balance zu verlieren, war zu groß.

Sie konnte spüren, dass hinter ihrem Rücken etwas geschah, und sie fürchtete zu wissen, was es war. Dennoch wagte sie nicht, sich umzuschauen. Sie musste all ihre Konzentration auf die letzten Schritte bis zur Felsplattform lenken.

Während Lisa sich langsam ihrem Ziel näherte, wichen Kyra, die beiden Jungen und der Professor vom vordersten Rand der Klippe zurück – bis ihnen jäh klar wurde, dass es kein Entkommen mehr gab vor dem, was sich vor ihren Augen zu Boden senkte.

Acht Gestalten in schwarzen, flatternden Mänteln schwebten aus der Höhe herab. Ihre Füße berührten gleichzeitig den Felsboden und kamen zum Stehen.

Alle acht hatten verblüffende Ähnlichkeit mit Azachiel – langes, dunkles Haar, hagere Züge –, nur ihr Anführer, der an der Spitze der Formation stand, unterschied sich durch ein Detail von den anderen: Eine breite weiße Strähne teilte sein schwarzes Haar in der Mitte. Um seine schmalen Lippen lag ein verschlagener, bösartiger Zug.

Raguel lächelte.

»Fürchtet euch nicht«, sagte er, doch sein Tonfall klang, als hätte er ihnen gerade vorgeschlagen, sie mit Haut und Haaren aufzufressen.

Im selben Augenblick setzte Lisa ihren Fuß auf das Plateau.

Schattenspiele

Kyra schaute instinktiv auf ihren Unterarm. Die Sieben Siegel blieben unsichtbar. Der himmlische Ursprung der Engel schien die Magie der Male irrezuführen – ob böse oder nicht, für sie blieben die Wesen in den langen Mänteln Geschöpfe Gottes. Es war das erste Mal, dass die Siegel sie im Stich ließen.

Lisa trat, das Haupt von Lachis fest in Händen, auf das Felsplateau. Aller Augen – auch die Raguels und seiner Krieger – waren auf sie und Azachiel gerichtet. Der Schatten der Kirche schien Lisas Haut und Kleidung alle Farben zu entziehen; sie wirkte jetzt fast genauso düster wie der Gefallene Engel an ihrer Seite.

Aber noch hatte sie ihm den Rucksack nicht übergeben.

Raguel glitt mit einer fließenden Bewegung, die keinerlei Ähnlichkeit mit der Plumpheit menschlicher Schritte hatte, an die Felskante.

»Komm zurück, Kind«, sagte er mit der Stimme eines listigen Versuchers. Der Wind wirbelte sein langes Haar durcheinander, nur die weiße Strähne blieb unverändert. »Gib uns das Haupt. Du und deine Freunde, ihr werdet es nicht bereuen.«

Azachiel kreuzte den Blick seines Erzfeindes. »Oh, Raguel … das ist armselig. Wirklich erbärmlich.« Er legte einen Arm um Lisas Schulter und zog sie zwischen die Falten seines schwarzen Mantels.

Kyra lief es bei diesem Anblick kalt über den Rücken. Sie traute Azachiel nicht, aber noch viel weniger wollte sie ihr Schicksal in die Hände Raguels legen. Azachiel war undurchschaubar und voller Geheimnisse, aber Raguel war durch und durch verdorben.

»Warum gibt sie ihm das Haupt nicht endlich?«, flüsterte Nils an Kyras Seite.

Kyra wusste keine Antwort darauf. Sie bemerkte, dass Chris wie versteinert auf Lisa starrte – nicht auf Azachiel oder Raguel, nur auf Lisas Gesicht. Seine Augen quollen fast über vor Sorge.

Lisa wirkte verträumt, so als wäre sie nicht ganz sie selbst. Sie schmiegte sich in den Stoff von Azachiels Mantel, als gäbe es keinen sichereren Ort auf der Welt – es sah aus, als würden die Schatten um sie herum noch dunkler und tiefer.

Was geschieht hier?, durchfuhr es Kyra eisig, und ihre Sorge galt nicht nur Lisa, sondern ihnen allen.

Raguel streckte seine Hand aus und winkte auffordernd über den Abgrund. »Wir sind deine Freunde, mein Kind. Uns kannst du berühren, ohne den Schatten irgendeiner jämmerlichen Kirche. Azachiel ist schwach. Aber wir«, – er lächelte wieder –, »wir sind stärker und mächtiger als jede andere Kreatur dieser Welt.«

»Ihr seid Satanaels Sklaven«, gab Azachiel zurück.

»Ihr habt keinen eigenen Willen. Nicht einmal die Kraft, mit der du protzt, gehört dir. Ohne Satanael seid ihr nichts.«

Die Stimmen der beiden Engel klirrten wie Schwertklingen, die in einem tödlichen Duell aufeinander hieben. Kyra begriff, dass dies der Wahrheit ungemein nahe kam: Es *war* ein Duell, ein Kampf geführt mit eiserner Willenskraft und unverblümtem Hass.

Doch da war auch etwas, das sie allmählich davon überzeugte, dass Azachiel nicht ihr Feind war: Er hätte Lisa das Haupt längst aus der Hand reißen können. Dennoch tat er es nicht.

Doch wer weiß, dachte Kyra, vielleicht ist das auch gar nicht nötig.

»Ihr habt verloren, Raguel«, stieß Azachiel zischend aus. »Du und Uriel und Satanael … ihr alle seid die Unterlegenen.«

Ein geisterhaftes Raunen ging durch die Reihe der sieben Engel. Ihre Lippen bewegten sich nicht, und doch war es, als wandere ein kaum hörbares Flüstern von einem zum anderen. Zwei von ihnen verließen ihre Plätze und glitten an die Seite ihres Anführers.

Raguel fuhr herum und schoss einen finsteren Blick auf sein Gefolge ab. Das Flüstern verstummte abrupt.

Dann wandte er sich wieder zu Azachiel und Lisa um. Kyra und die anderen beachtete er nicht weiter. Sein Interesse an ihnen war nicht größer als das eines Menschen an einem lästigen Insekt.

»Du glaubst, du kannst dich jetzt sicher fühlen,

nicht wahr?«, fragte er und sah dabei Azachiel an. »Du denkst, du bist uns endlich überlegen.«

»Überlegen?« Azachiel lachte bitter. »Ich weiß nicht, ob ich das bin. Aber, wie ich es sehe, sind die Seiten zum ersten Mal ausgeglichen. Ihr habt mich gejagt, Raguel, seit dem Großen Fall habt ihr mich gejagt … vielleicht ist jetzt der Zeitpunkt gekommen, euch eure *Freundschaft* zu vergelten.«

Raguels Mantel bauschte sich auf wie das Gefieder eines Raubvogels vor dem Sturzflug auf die Beute. »Wenn diese Sache beendet ist, wird nichts mehr an dich erinnern, Azachiel. Du wirst aufgehört haben zu existieren. Und du weißt es.«

Wieder lächelte Azachiel. »Du bist nicht dumm genug, um das wirklich zu glauben. Einem deiner Lakaien würde ich so viel Unverstand zutrauen, aber nicht dir. Wir waren einmal Freunde, Raguel. Du kennst mich. Und du weißt genau, dass dies alles nicht so einfach ist, wie du es dir wünschst.«

Kyra verstand nicht viel von dem, was die beiden redeten, aber das war auch gar nicht nötig. Das Wenige, was sie begriff, machte ihr nur zu klar, dass sie in einen Konflikt hineingestolpert waren, der seit Anbeginn der Zeit tobte – eine Schlacht, in der kein Platz für gewöhnliche Menschen war. Einen Krieg, der die Welt eines Tages bis in ihre Grundfesten erschüttern mochte.

Offenbar gab es drei Seiten in diesem Kampf. Die eine war jene unfassbare Macht, die alles geschaffen hatte – Gott, wenn man der Kirche Glauben schenkte. Die zweite Seite war der gefallene Engel Satanael, der sich zum Herrn der Hölle aufgeschwungen hatte. Ihm dienten Raguel und seine Kämpfer. Irgendwo zwischen diesen Gegnern aber stand die dritte Gruppe, Gefallene Engel, die jedoch nicht der Verführung des Bösen erlegen waren. Azachiel war einer von ihnen, und, wie es schien, im Augenblick der einzige, der zählte.

Kyra trat nervös von einem Fuß auf den anderen. Es ging nicht darum, die großen Zusammenhänge zu begreifen. Es wäre vermessen gewesen, das überhaupt zu versuchen. Fest stand nur, dass sie und die anderen zwischen den Fronten dieses Krieges zermalmt werden würden, wenn nicht bald etwas geschah, das sie vor diesem Schicksal bewahrte.

Und der Schlüssel zu ihrer Rettung, vielleicht sogar der Schlüssel zum Ausgang dieses ganzen schrecklichen Krieges, befand sich im abgewetzten Rucksack ihres Vaters – der wiederum an Lisas Hand baumelte, gefährlich nah am Abgrund der Klippe.

Azachiel hatte seinen Hohn über den einstigen Freund und heutigen Feind lange genug ausgekostet. Jetzt blickte er auf Lisa hinab.

»Wirst du mir das Haupt von Lachis geben?«, fragte er freundlich.

Lisa lächelte zurück wie in Trance, dann nickte sie. Ihre Freunde erkannten, dass etwas mit ihr geschehen war. Sie stand da wie hypnotisiert.

»*Nein!*« Raguels Gesicht war grotesk verzerrt. »Tu das nicht.«

Azachiel musste sich sehr sicher fühlen, denn noch immer riss er Lisa den Rucksack nicht aus der Hand. Stattdessen schaute er gemeinsam mit ihr zur Klippe hinüber.

Raguel streckte Lisa beiden Hände entgegen, beinah flehentlich. »Azachiel ist nicht, was er zu sein scheint. *Wir* sind es, die euch retten können. Vor *ihm*!«

»Ach, Raguel«, gab Azachiel zurück, »diese Kinder sind zu klug, um auf deine Lügen hereinzufallen.«

Aber Raguel beachtete ihn gar nicht mehr, schaute nur Lisa an. »Hier und jetzt leiste ich den Schwur, dein Leben zu retten, Mädchen. Bei Satanael und bei dem Schmerz des Großen Falls – wenn es in meiner Macht steht, werde ich dein Leben retten.«

Lisa schien einen Moment lang aus ihrer Trance zu erwachen, so als wären die Worte des Engels zu ihr durchgedrungen und hätten sie aus tiefem Schlaf gerissen.

Und zum ersten Mal zögerte sie.

Azachiel strich ihr übers Haar. Er hatte die Veränderung noch nicht bemerkt, denn sein Blick war weiterhin auf Raguel gerichtet. »Hör nicht auf ihn«, flüsterte er. »Man nennt seinen Herrn nicht umsonst den Meister der Lüge.«

Lisa ließ die Hand mit dem Rucksack langsam sinken.

Raguel winkte ihr wortlos zu, mit beschwörender Gestik.

Kyra zog zischend die Luft ein. Neben ihr verkrampften sich Chris und Nils. Der Professor lehnte an der Kirchenmauer, als hätte ihm jemand einen kräftigen Schlag verpasst; er brachte schon lange kein Wort mehr heraus.

Azachiel wandte den Blick von seinem Feind auf das Mädchen an seiner Seite – und erkannte schlagartig, dass sie drauf und dran war, den Lockungen Raguels zu verfallen. Er wollte nach dem Rucksack greifen, doch es war bereits zu spät.

Lisa schleuderte das Bündel über den Abgrund, geradewegs auf Raguel zu.

Kyra handelte.

Sie wusste nicht, ob sie das Richtige tat. Aber sie spürte genau, dass Lisa von den Kräften dieser Geschöpfe zerrissen werden würde – und sie konnte nicht zulassen, dass Raguel das Haupt in die Finger bekam. Ehe irgendwer sie aufhalten konnte, sprintete Kyra los. Auf die Felskante und die schmale Planke zu. Vorbei an Raguel, geradewegs auf das Brett.

Ihre Füße hatten bereits zwei hastige Schritte über das Holz gemacht, als sie mit beiden Händen den Rucksack aus der Luft schnappte. Dabei musste sie unweigerlich das Gleichgewicht verlieren. Doch statt in die Tiefe zu stürzen, ließ sie sich breitbeinig auf die Planke fallen.

Der Schmerz war grauenvoll. Eine endlose Sekunde lang hatte sie das Gefühl, der Aufprall zerreiße ihren Unterleib.

Aber sie kam zum Sitzen. Schwankend, keuchend vor Pein – aber sie saß.

Rittlings, wie auf einem Pferd, hockte sie im Sonnenlicht über dem Abgrund, genau in der Mitte der Planke, das Gesicht Azachiel und Lisa zugewandt.

In ihren Händen hielt sie sicher den Rucksack, und darin das kostbare Haupt von Lachis.

Jetzt lag es an ihr, die Entscheidung herbeizuführen.

Lisa stand unter dem Bann der verfeindeten Engel und niemand konnte ihr deswegen einen Vorwurf machen. Sie hatte nie eine Chance gehabt.

Kyra dagegen trug das Erbe ihrer Mutter in sich, den Geist einer Hexe. Niemals zuvor hatte sie darauf vertraut, dass dieser Umstand ihr das Leben retten würde. Doch diesmal hatte sie keine andere Wahl.

Mutter, dachte sie flehentlich, *wenn wirklich noch ein Teil von dir in mir steckt, irgendwo, ganz tief, dann hilf mir!*

Sie konnte die geistigen Wellen der Beeinflussung, die Raguel und Azachiel aus entgegengesetzten Richtungen auf sie abschossen, förmlich vor sich sehen. Spürte, wie sie auf sie zurasten, um sie zu betören, um ihren freien Willen zu zerfetzen. Fühlte aber auch, wie sie von einem unsichtbaren Schutzschild abprallten, wie Pfeile von einer Ritterrüstung.

Ja!, durchzuckte es sie euphorisch.

Das war es! Ihr Erbe war doch zu etwas nutze! Endlich hatte sie den Beweis. Die Engel konnten ihr nichts anhaben, nicht so, wie sie Lisa in ihren Bann gezogen hatten.

Kyra schaute über die Schulter zu Raguel, der vor

Wut schäumte, dann wieder nach vorne zu Azachiel. Er wirkte eher überrascht als wütend. Noch immer hielt er Lisa fest, damit sie nicht von dem Plateau stürzte.

»So!«, sagte Kyra. »Jetzt beantwortet mir eine Frage: Was wird geschehen, wenn ich einem von euch das Haupt überlasse?« Nach kurzer Pause setzte sie hinzu: »Und seid ehrlich. Ich habe keine Skrupel, das Ding einfach loszulassen. Dann werden wir sehen, wie schnell ihr fliegen könnt, um es aufzufangen.«

Das saß! Keiner der beiden konnte Kyra dort, wo sie saß, erreichen. Azachiel nicht, weil sie nicht im Schatten der Kirche war und er im Sonnenschein durch sie hindurchgegriffen hätte, und Raguel nicht, weil er fürchtete, Kyra könnte das Haupt von Lachis fallen lassen. Seine Reaktion ließ erkennen, dass er keine Möglichkeit sah, das Haupt zu fangen, ehe es auf den Klippen zerschellte. Kyra schien mit ihrem verzweifelten Plan richtig zu liegen.

Während Kyra auf eine Antwort der beiden Kontrahenten wartete, wurden Lisas Gedanken allmählich wieder klar. Ihre Züge entkrampften sich, der verträumte Schleier schwand aus ihrem Blick. Schlagartig wurde ihr bewusst, wo sie sich befand. Und dennoch geriet sie nicht in Panik. Immer noch war da etwas in ihr, das Azachiel Vertrauen schenkte – und diesmal war es keine seiner Beeinflussungen, die ihr das Gefühl aufzwang, nein, diesmal war es allein sie selbst, die zu der Überzeugung kam. Azachiel hatte einen Fehler gemacht; hätte er nicht versucht, Lisa mithilfe seiner geistigen Kräfte auf seine Seite zu ziehen, hätte sie ihm das Haupt längst aus freien Stücken übergeben.

»Du willst wissen, was geschieht, wenn du mir das Haupt übergibst?«, fragte Raguel und starrte in Kyras Rücken, als wollte er seine Blicke in Dolche verwandeln. »Nun, Kind … Mein Meister wird euch unermesslichen Reichtum gewähren. Die Erfüllung all eurer Wünsche. Ewiges Leben, vielleicht.«

Azachiel lächelte. »Ich gebe euch nichts. Nur mein Wort, dass das Haupt nicht zu bösen Zwecken missbraucht werden wird.« Er verstummte einen Moment lang, dann setzte er ruhig hinzu: »Dies und meine Freundschaft.«

Raguels Lachen hallte von den Felsen und leeren Häusern wider, als er die Worte seines Gegners vernahm. Für ihn waren sie nur Beweise von Schwäche, und er zweifelte nicht eine Sekunde daran, dass er als Sieger aus diesem Streit hervorgehen würde.

Doch Raguel hatte verlernt, wie ein Mensch zu denken. Falls er diese Gabe je besessen hatte, so hatte er sie verloren, als er sich im Krieg der Engel auf Satanaels Seite schlug.

Kyra überlegte nicht länger. Im Sitzen holte sie aus und schleuderte den Rucksack zu Azachiel hinüber. Und während ihr Blick der Flugbahn des Bündels folgte, verstand sie plötzlich das Dilemma der Engel – das Haupt *musste freiwillig* übergeben werden. Nur deshalb war es ihnen nicht gelungen, es aus dem Tempel von Lachis zu stehlen.

Vielleicht war es das Erbe ihrer Mutter, das Kyra diese Gewissheit verlieh, vielleicht aber auch ihre eigene Entdeckung. Egal. Es zählte allein, dass sie recht hatte.

Azachiel ließ das Schwert los, fing den Rucksack auf und zerfetzte ihn mit einer einzigen raschen Handbewegung. Ein helles Licht loderte sekundenlang um seine Hand; einen Augenblick lang sah es aus, als hätte der Blitz in seinen ausgestreckten Arm eingeschlagen.

Ein lautes Stöhnen drang von Raguels Kriegern herüber. Einige verließen die Formation und wichen mehrere Schritte zurück. Ihr Befehlshaber bemerkte es, hatte aber nur Augen für das Haupt von Lachis in der Hand seines Feindes. Ein wilder Aufschrei entrang sich seiner Kehle, und für einen Moment schien die weiße Haarsträhne noch heller zu werden, in weißem Feuer zu erglühen wie Stahl in einem Hochofen.

Kyra klammerte sich mit beiden Händen an die Planke. Tief unter ihr brachen sich die Wellen, weißer Schaum tobte um die Klippen. Der Sturm zerrte an ihren langen Locken, aber sie nahm es kaum wahr. Wie gebannt starrte sie auf Azachiel und das uralte Relikt in seinen Fingern.

Das Haupt von Lachis sah immer noch aus wie ein ovaler Stein, kopfgroß und grau. Und trotzdem zog es die Blicke aller an wie ein Magnet. Ganz kurz schien es sogar zu pulsieren, ähnlich einem lebendigen Herz.

Doch welche Macht das Haupt auch immer besitzen mochte, an diesem Tag kam sie nicht zum Einsatz.

»Geht«, rief Azachiel seinen Feinden entgegen. Seine Stimme klang tiefer und hallender als zuvor. »Ich werde euch ziehen lassen. Doch zuvor leistet mir einen Schwur.«

Raguel hatte die Regungen seines Gesichts kaum noch unter Kontrolle. Er sah aus, als würde er jeden Moment vor Zorn und Hass explodieren. »Was für einen Schwur?«, fragte er verbissen.

»Ich bitte nicht um meinen eigenen Frieden«, erwiderte Azachiel, »denn ich weiß, ihr könnt eure Natur nicht verleugnen, selbst wenn euch ein Schwur bindet. Stattdessen bitte ich für diese Kinder.«

»Und meinen Vater«, flüsterte Kyra.

»Und für ihren Vater«, fügte Azachiel laut hinzu. »Ihr werdet ihnen kein Haar krümmen, nicht heute und auch an keinem anderen Tag.«

»Das ist alles?«

Azachiel nickte. »Schwört, und ich werde euch in Frieden ziehen lassen.«

»Nicht in Frieden«, zischte Raguel bösartig. »Du weißt, dass wir uns wiedersehen werden, Verräter. Wir werden kämpfen. Und du wirst unterliegen, Azachiel. Ich werde deine Seele in Stücke reißen.«

»Der Schwur!«, forderte Azachiel ungeduldig.

Raguel zögerte noch, dann nickte er. »Ich schwöre. In meinem Namen und im Namen aller, die mir folgen.«

»Sprich es aus!«

»Ich schwöre, dass wir diesen Kindern und dem Mann kein Leid antun werden … nicht heute und an keinem anderen Tag.« Raguel sah aus, als bereite ihm jedes Wort körperlichen Schmerz – für jedes würde er von seinem Meister Uriel eine Strafe empfangen. Und Uriel würde seinerseits vor Satanael treten und die Niederlage eingestehen müssen. Kein fröhlicher Tag in der Hölle, ganz gewiss nicht.

Azachiel senkte das Haupt von Lachis vor seine Brust, auf die Höhe von Lisas Kopf. Obgleich das Oval kein sichtbares Licht mehr ausstrahlte, glänzte Lisas Gesicht, als würde es von einem Scheinwerfer angestrahlt. Ihre Finger krallten sich noch tiefer in den Stoff von Azachiels Mantel.

Raguel und seine Krieger erhoben sich in die Lüfte, schwebten steil nach oben und entfernten sich dann ohne ein weiteres Wort in die Richtung, aus der sie gekommen waren. Kyra und die anderen schauten ihnen hinterher, aber bald schon waren die acht Gestalten inmitten der dunklen Gewitterwolken verschwunden.

… deine Seele in Stücke reißen, hallte es noch einmal über die aufgewühlte See.

Azachiel schob das Haupt von Lachis unter seinen Mantel, wo es spurlos verschwand. Keine Ausbuchtung war unter dem Stoff zu erkennen, nichts, was verraten hätte, dass er das wertvolle Relikt am Körper trug.

Kyra rutschte im Sitzen rückwärts zum Rand der

Klippe, wo Nils und ihr Vater sie an den Armen packten und in Sicherheit zogen.

Azachiel schenkte Lisa ein letztes Lächeln, dann hob er sie in die Luft und schleuderte sie kurzerhand über den Spalt.

Ehe sie es sich versah, landete sie in Chris' Armen; er war instinktiv vorgesprungen, um sie aufzufangen. Lisa war viel zu überrascht, als dass sie das hätte romantisch finden können.

Als sie sich umschaute, stieß Azachiel sich gerade vom Felsplateau ab und stieg gen Himmel auf.

»Das Funkgerät, Professor«, rief der Engel aus sturmtosender Höhe herab, »es funktioniert doch wieder, oder?«

Professor Rabenson nickte. Nur langsam brachten seine Lippen wieder die Kraft auf, Worte zu formen. »Es … funktioniert. Hilfe ist unterwegs …«

Lisa löste sich ein wenig widerwillig von Chris und trat näher an den Rand der Klippe. Sie legte den Kopf in den Nacken und schaute Azachiel hinterher, der leicht wie eine Ascheflocke aufwärtsschwebte.

»Wohin gehst du?«, rief sie, so laut sie konnte.

Der Wind trug seine Antwort an ihre Ohren, fern und säuselnd.

»In die Vergangenheit und in die Zukunft, nach hier und nach anderswo.«

Und was für eine andere Antwort hätte man ernsthaft von einem Engel erwarten können?

Wie ein Blitzschlag durchzuckte Lisa ein Bild: Sie sah sich selbst und die anderen aus großer Höhe auf der Klippe stehen, wie sie aufwärtsblickten, ein wenig wehmütig und sehr, sehr erleichtert.

Ich schaue durch Azachiels Augen, dachte sie.

Und einen Herzschlag später dachte sie sogar einen von seinen Gedanken, so als wäre sie ein Teil seiner selbst geworden – zu Gast in der Seele eines Engels.

Wir werden uns wiedersehen, dachte Azachiel, und es war eine Botschaft, die sie alle empfingen wie einen Funkspruch aus der Unendlichkeit des Alls.

Wir werden uns ganz sicher wiedersehen.